庫JA

リビジョン

法条 遥

早川書房

7211

目次

プロローグ 9
1 現在① 22
2 未来① 49
3 過去① 74
4 現在② 105
5 過去② 127
6 未来② 137
7 現在③ 164
8 秋夜叉 182
エピローグ 209

リビジョン

本作は『リライト』の内容に触れています。

プロローグ

深夜二時、静岡県清水市興津《おきつ》の外れにある三島産婦人科小児科病院のドアを叩く音が響いた。診療時間はとうに過ぎており、病院の中は明かりもついていなかった。それでも、女性は必死になってガラスのドアを叩き、懸命に訴え続けた。

「三島先生！　すいません、千秋です！　起きてください！」

ドアを叩いているのは若い女性だった。長い栗色の髪をまとめてお団子にしており、顔色は蒼白だが、柔和で美しい顔立ちをしていた。青い縁の眼鏡を掛けている。

寝巻き姿のまま、左腕に生まれたばかりのように見える子を抱きながら、暗い病院に向かって悲壮な声をあげていた。

「千秋霞《かすみ》です。ヤスヒコが……、私の子供が」

次第に声は小さくなっていく。霞が左腕の我が子を見る。白く清潔そうな包《くる》みにくるまっている子供は、顔が真っ赤だった。一目見れば、高熱を発している状態なのは明らかだった。

「ん……、何？」ようやく病院のドアが開く。「千秋さん？　こんな時間にどうしたの？」

病院の主は五十代の貫禄のある女性だった。こちらも寝巻き姿で、眠そうに目を擦りながらドアを開け、玄関の明かりをつけた。

「三島先生、夜分にすみません」霞は頭を下げた。「ヤスヒコが……」

言葉はそれきり途切れ、霞は黙って我が子を三島に預けた。受け取った三島が首を傾げる。

「これは」

三島はそう言ったきり、黙ってヤスヒコと呼ばれた子供を触診していた。

三島の大きくて張りのある掌が、赤子の頬と頭を撫でる。肌の感触と熱の具合を確かめた彼女の目が、不穏なものでも見るように変わった。

「この子は、生まれて」

「二週間です」霞が答えた。「退院して、まだ一週間しかたってません」

三島はしばらく診察を続け、それ以上何もしない様子で霞を焦らせたが、すぐに診察室の準備を始めた。寝巻きの上に白衣を纏う。

てきぱきと動く三島に促され、霞も診察室に入った。台の上にのせられた我が子を見ながら、霞はただ動揺するだけだった。

診察の準備を進めている三島は、霞に矢継ぎ早に質問を浴びせた。

「何か変なものが口に入った？」

「いいえ、母乳だけです」

「まだ夏の暑さが残ってるけれど、どこか暑いところに放置した？」

「ずっと家の、涼しいところで寝かせていました」

「旦那さんはどうしたの？」

「いま、関西に出張中です」

質問しながら、三島は手早く準備を終えた。霞はいても邪魔なだけだと、待合室へ追い出されてしまった。

霞は椅子に掛ける事もせず、ただ電灯の下に立ち尽くしていた。

深夜に突然点った灯火に集う蠅が、霞を嘲笑っているかのようだった。

霞の目が、待合室に設けられた桃色の電話に向く。

予期せぬ我が子の発熱だったが、それでも財布と母子手帳、保険証だけは部屋から持ち出してきてあった。財布の中にはテレホンカードもある。

「あの人に……でも、こんな時間では」

霞は関西に出張中の夫に、この事を告げるべきかどうか迷っていた。

宿泊中のホテルの電話番号は出張に出る前に夫から聞いているが、時間が時間である。

まして、告げたところで夫にできることはない。

それは自分にしても同じ事だと気がつき、霞は愕然とした。

産みの親である自分が、我が子の一大事に何もできない。

発熱の原因さえ特定できないのだ。

「……情けない」

自分のふがいなさに涙が出た。

「せめて」

結果さえわかれば。

助かるか否か、その結末さえわかれば。

霞の手が胸元に伸びた。首に掛かっている簡素な紐に、白く細い指を巻きつける。

緊急時云々は関係なく、霞は常にそれを身に着けている。

「結果はわかる」

そう、自分にはわかるのだ。

その方法を知っている。

「だけど」

結果がわかったとして、それが自分の望まぬものだったら？

もしも高熱で、我が子に取り返しのつかない障害が残ったら？

そればかりではなく、もしも、

「もしも……あの子が」

霞は最悪の未来を言葉にすることはできなかった。

診察室のドアが開き、非常に焦った様子の三島が顔を出した。

「先生？」それに気づいた霞が声を掛ける。「あの子は」

三島は霞に一瞥もくれず、待合室の電話の受話器を取った。

三島が待合室まで来たのは、会話を霞に聞かせる事で、同時に、状況の説明をしようという意図があったのだろう。

「……もしもし？　夜分にすみません。はい、三島産婦人科小児科病院です。緊急の……生後二週間の、ええ……私では手に余るので、そちらで……」

会話を聞いていた霞は、気が気ではなかった。

受話器を下ろした三島が、小刻みに震えている霞の肩に手を置いて語りかけた。

「ごめんなさい、千秋さん。私では手に負えない。原因がわからないの。だから、県立病院に連絡しました。すぐに救急車が来るから、あなたはそれに乗って県立病院に行きなさい」

「そんな……」

霞は絶望のどん底に叩き落された。

「三島先生では、駄目なんですか？　わからないんですか？」

「正直に言う。わからない」

「危険なんですか？　ヤスヒコは、どうなんですか？」

「わからない。だから、県立病院に運んで診てもらう」

支離滅裂なことを言う霞に対し、三島は医師としてどこまでも冷静だった。

そして、厳しい声で霞に言った。

「千秋さん。落ち着いて」三島が霞の目を覗き込む。「大丈夫。私ではわからなくても、県立病院の医師なら何とかできるから」

「それは」

自分では手に負えなくても、自分より腕のいい医師ならば。

どんな医師でも、それを言い訳にするのではないか。

霞は歯軋《はぎし》りをした。考えても、言ってもどうにもならない。

十分ほどして救急車が到着し、霞とヤスヒコを乗せて出発する頃には彼女の決意は固まっていた。

医師でも、どうにもならぬというのなら、使うしかない。

使っても、変えられぬものだとは知っているが、『駄目だった』結果を事前に知っていれば、諦めがつく。

「本当に……？」

救急車の中、救急隊員が忙しくヤスヒコを世話する横で、隊員に見つからぬよう、『それ』を出しかけていた霞は、首を傾げた。

自身が今、考えた事に、違和感を覚えたからである。

諦めが、つく？

諦めがついた事が、あったたか？

もちろん、これが初めてではある。他の事はともかくとして、ヤスヒコは霞にとって初めての子供なのだ。だから、諦めがついた事例が無いのは、当たり前だ。

それでも、視ようとしている自分が、不可解でならないのだった。

霞は、ほとんど運命のように、首に掛けていた紐を引っ張り、胸の下に下げていた手鏡を取り出した。

他の隊員に見られぬようにしていた霞だったが、たとえ見られても特に不審には思われなかっただろう。何しろ、『それ』が視えるのは霞だけだったからだ。

だが、視た霞の身体が、止まる。

ありえない事例だった。

手鏡の中に、自分がいた。それも、十年前の自分だった。まだ高校の制服を着ている自分。

「……誰？」

思わず口をついて出たその一言に、十年前の自分が反応する。

『あなたこそ、誰？』

「……千秋、霞」

『嘘を言わないで』十年前の霞が、首を振る。『その救急車に乗っているの、私の子供？』

「……ええ」

『名前は？』

「ヤスヒコ……」

その時、隊員の一人が、霞を不審げに見やった。我が子が高熱を出して病院に担ぎ込まれようとしているのに、その母親が、何かに向かってぶつぶつと呟いていたのだから、これは無理もないだろう。

「千秋さん？」隊員が声をかける。「千秋霞さんですよね？」

「あ、はい」霞が振り向いた。「病院は……まだですか？」

「もう少しで着きます」

どうやら大丈夫そうだと、隊員は判断したらしい。隊員は、突然の事態に、母親がおかしくなったと思っていたようだった。言葉を交わし、正気を確認したので、ヤスヒコの処置へ戻っていった。

そして霞もまた、十年前の自分との対話に戻った。

『ほら、やっぱり嘘じゃない。結婚したなんて』

「したの」霞は何度も確認するように頷いた。「したのよ」

『どうして嘘をつくの？　ビジョンの結果は変わらないって、あなたは知っているでしょう？』

「もちろん、知ってるわ。だから、嘘はつかない」

『嘘よ』十年前の霞が、断定する。『私が産むのは女の子と男の子だもの。そうビジョンで視たもの。だから、嘘をついているのはあなた』

「……!?」

霞は、驚愕した。

ある意味、息子の発熱に気がついた時よりも驚いた。

「あなたの方こそ……嘘よ。私は十年前、女の子を産むビジョンなんて視なかった」それでも、霞は言い返した。「大体、何で私に『過去』が視えるのよ。私が視えるのは、いつだって」

『そうよ、私が視えるのは、未来だけ』十年前の霞が、真実を言う。『だから、これは私が視ているビジョンなの。そして、なぜか十年後の私が嘘をついている、というビジョンを視ている』

霞は、言葉を発する事ができなかった。

反論できないのだ。彼女……十年前の霞が語っている事は、すべて真実なのだ。

だから、言い返せなかった。

どこにも、間違いはない。

十年前の、まだ高校の制服姿の霞が言う事に、何も間違いはないのだ。

あるとすれば。

「……私？」

『そうよ』

「私、が、間違ってる？」

『当たり前じゃない』

「な、……なんで？」

『結婚したんでしょう？』

「……そうよ」

『なのに、何でそのままなの？　それとも私が知らないだけで、この十年間に制度が変わったの？』

「変わって、ない、わ」首を振って否定する霞。「そのまま……」

『じゃあ、嘘じゃない』

そうなる。

そうなってしまう。

霞は、頭を抱え込んだ。

矛盾する。十年前の霞の言う事を肯定すると、現在の自分が否定されてしまう。

では、十年前の自分が間違いだとすると、過去の延長線上である現在が、やはり変になってしまう。

どちらかが、間違っていて。

どちらかが、正解じゃない。

隊員の声が降ってきた。

「千秋さん、病院に着きま
「っ！」

霞は汗だくになりながら、その最悪の夢から、脱出した。

「は……、あ」

夢だったのだ。

現実ではないのだ。

その圧倒的な事実に、霞は、心の底から安堵した。

一度息を吐き、辺りを見回す。夢だった事を証拠づけるように、そこは霞と夫が借りている、マンションの一室だった。時刻は午後十一時。

ベビーベッドで眠っているヤスヒコの具合を確かめる。

「……よかった」

発熱もしていないし、顔が真っ赤になってもいない、すやすやと、平和そうな顔で、我が子が眠っていた。

寝顔を見ていると、霞は頬が緩んだ。

夢だった。だから、現実には起こらない。

しかし、念のため確認をしてみようと思い、霞は夢の中でしたのと同様に、首に掛けている紐を引っ張り、手鏡を取り出した。

ぎょっとした。

手鏡が、発光していた。

緩く、光っていたのだ。

霞の顔が、一気に悲しげな表情になった。

この手鏡が光るという事は、

「起きて……」

霞は、立ち上がった。着替えを始める。

「財布と、母子手帳」

用意をしなければならない。

「……あ、そうだ。邦彦に電話をしておかないと」

夢の中では、午前二時だったが、今は午後十一時。今なら、まだ夫は起きている。

それにしても、霞の様子は変だった。

まるで、夢の内容が、これから起こる事であるかのように、準備をしている。

夢は、夢だ。

現実ではないから、夢という。

それなのに。

「ヤスヒコ」霞が、我が子のベッドの枕元に立つ。「大丈夫。お母さんが、あなたを救ってあげるから」

それから一時間後、千秋霞の息子、ヤスヒコが高熱を発した。

霞は、三島病院ではなく、真っ先に県立病院へと向かった。

1　現在①

結局、県立病院でも息子の高熱の原因ははっきりとしなかった。ただ、医師が処方してくれた解熱剤が息子の身体にぴたりと合い、一旦、熱は去ってくれたので、霞は医師と薬剤師にお礼を言い、治療代と薬代を払って自室に戻ってきていた。

そして、今はぐっすりと眠っているヤスヒコの横で、溜まっていた家事を片付けていた。

霞は、専業主婦ではない。今は育児休暇をとっているが、結婚以前からの書店員の仕事を続けている。

我が子の眠りを妨げぬよう、なるべく音を立てずに掃除を終えると、霞は一息つき、緑茶を淹れた。この茶は、川根にいる高校時代の知り合いが送ってくれたもので、熱いお湯で淹れると、素晴らしい色と芳香を放った。

その茶のせいだったかもしれない。霞は、昨夜自分が視たビジョンの事について思いをはせていた。

十年前の自分が語りかけてきて、今の自分は間違いだと訴えかけた……。

そっと霞は手鏡を取り出した。裏面に細かい模様が彫られた時代を感じさせる代物で、恐らく目利きが見れば相当の価値を見出すのではないかと思われた。

もっとも霞にこれを手放す気はない。どれだけ経済的に逼迫《ひっぱく》しようとも、これだけは話が別だった。

この手鏡は、代々千秋家の女性にだけ受け継がれてきた代物で、霞も十歳になった時、母から渡されたものだった。いつでも、身に着けて、手放さないようにと言われたので、霞は今の年齢になるまで、この手鏡をどこに行くにせよ、必ず携帯していた。

だから、母は霞が手鏡を必ず持っている事は知っていたが、ビジョンの事については、何一つ知らぬまま、霞が二十歳の時に病で亡くなってしまった。両親の事について言えば、父もまた、霞が結婚する一年前に亡くなってしまったので、今の霞にとって家族と呼べる人は、夫、邦彦と息子であるヤスヒコのみと言ってよい。

夫である邦彦には、流石にビジョンの事を話してある。

ビジョン、即ち、未来予知。

霞は、千秋家に伝わる手鏡の中に、未来を視る事ができるのだ。

条件や制約は、ほぼ無い。いつでも、好きな時に取り出して、『このままだとどうなるか、教えてください』だとか、『約一時間後に、私はどこにいて、どうなっているか、教えてください』と願うだけで、鏡は答えてくれる。少女時代にあるアニメを見た時に、

「これは、魔法の手鏡なのだ」と思い、「だったら、誰にも言ってはならないんだ」という思いに繋がった。

それなのに夫には知らせてあるのは、この鏡が縁で、二人は結婚したからだった。

二人は、幼馴染だった。二人とも静岡は興津に生まれ、同じ学校に通い、高校を卒業すると同時に付き合い、邦彦が就職し、生活が安定するようになると、すぐに二人で生活し始めた。中学時代に独りで、何気なく鏡を見ていた霞に、邦彦がこう話しかけてきた事がきっかけだった。

「あれ、その鏡。俺も同じようなものを持ってるよ」

「本当に？」

「うん、親父から渡されたんだ。どうも男だけに受け継がれるものみたい」

「見せてもらえる？」

「いや、今は無理だ。家にあるから」

どうも彼の場合は、別段持ち歩かなくてもいいらしい。

「というか、持ち歩くなって親父に言われた。俺の鏡は、動かしてはいけないらしい」

「へえ……」霞は感心した。「実はね。この鏡……」

こうして後に夫になる男に、霞は秘密を打ち明けた。

だから、手鏡で邦彦と結婚している未来を視た時、彼の反応は素直だった。

「ビジョンで視たんじゃ、仕方が無いな」

……これほど、素っ気の無いプロポーズの言葉も、珍しいだろう。

ちなみに、彼の鏡は本当にただの手鏡で、未来予知などできないし、実は霞の鏡と邦彦の鏡が、元は一対のもので、霞のそれが未来予知なら、邦彦は過去視かというと、そんな小説のようにはいかなかった。

話がそれた。

なぜ、未来が視えるのか、霞にはまったく理解できない。

原理も理屈も、さっぱりだ。まだ母が存命の頃、この鏡に何か、謂れや言い伝えなどないか、それとなく聞いてみても、

「何も聞いてないけれど、我が家の女性は、必ずそれを身につけていないと駄目」

と言うだけだった。

不思議に思ったので、霞は当然、聞いてみた。

「我が家のって言うけれど、私に妹ができたらどうなるの？　もう一個あるの？」

ならない、と母は首を振った。

「我が家は、絶対にそうはならない」

聞いた時には意味のわからない言葉だったが、今の霞には、何となく理解できる。

しかし……。霞は、今は健やかに眠っている、ヤスヒコを見る。

我が家が、絶対に『そう』なのだとすれば、この子は例外となる。

あの十年前の『霞』も、そう言っていた。

霞は何気なく、鏡を見て、祈った。

『未来が、健やかで、幸福なものでありますように』

鏡が呼応して、薄く光る。

当たり前だが、未来が視えるという事は、いつもいつも、プラスに働く事ばかりではない。ヤスヒコの発熱もそうだが、未来に『嫌な事』が用意されている場合、鏡がそう警告を発してきても、その未来を防ぐ事はできない。

現に霞は、母の病死も、父の事故死も、事前に鏡で視ていたが、防ぐ事はできなかった。

鏡が発光し、未来を告げる。

それは三十分後の未来だった。夫である邦彦が帰ってきて、

『ただいま！　ヤスヒコ、パパが帰ってきたよ』

と言いながら、息子にほお擦りをする。

邦彦は大柄な男で、肌の色も浅黒く、商社のサラリーマンだから、スーツ姿なのだが、

『お前の顔と体格なら、どう見ても工事現場のにーちゃんだな』

と、同僚から冷やかされるらしい。

「ふむ」

この未来を視た霞が、昼食の用意を始めた。未来を視るまで、邦彦の帰りは午後になると思っていたからだ。

果たして三十分後、夫が帰宅する。

「ただいま！　ヤスヒコ、パパが帰ってきたよ」

息子にほお擦りをする夫に微笑みながら、霞は、

「早かったのね。帰りは午後だと思ってた」

「仕事が終わって、そのまま帰っていいって言われたんだ。会社に寄ってたら、午後になってただろうけど」

そこで邦彦は、妻が既に昼食の用意をしているのを見て、にやりとする。

「便利だよなあ、霞のそれ」

「よくない事が視えるときもあるけどね」霞は苦笑した。

「なあに、よくない未来なら、無視すりゃいいんだ」そして、夫が息子を抱き上げる。

「あ、そうか、ヤスヒコが生まれたんだから、俺もあの鏡をヤスヒコに渡さないとな」

「ああ、そう言えば……」

邦彦は邦彦で、息子に渡すものがあるのだった。

彼の父親も、そうしたのだから。

ところが、次に霞が聞いたのは、仰天すべき夫の一言だった。

「一条さん家《ち》から、買い戻さないとな」

「……は⁉」

あまりにも驚いたので、霞は、その時用意していた刻みねぎを、取りこぼしてしまった。

「ちょ、ちょっと、買い戻すって……ひょっとしてあなた、あの鏡を売ったの？」

「うん」素直に、邦彦は認めた。「どうも俺の鏡は、俺が持っているのはまずいらしい。だから、成人したら売れ。子供ができたら買い戻せって親父に言われたんだ」

「お父さんに……なら、仕方が無いけれど」嘆息して、霞は昼の用意に戻った。「お金に困って、売ってしまったかと思った」

「それなら、まずお前に相談するよ」

「そうね」

一条家は山の手に大邸宅を構えている、この辺りでは名の知れた名家だった。

うどんを食べながら、二人は話し合った。

「でも、一条さん、ちゃんと返してくれるの？」

「まあ、そんな大金で売ったわけでも無いし、その金は手を付けてないから、やっぱり返してくれって言えば、返してくれるだろう」

二人は、黙々とうどんを食べた。

もちろん、その後目覚めた息子に、霞はたっぷりと母乳を与えた。

午後は、邦彦も仕事をしなくてもよかったので、夫婦は二人、愛息子を交えながら、買うべきもの……、ベビーカーやら、服やら、あるいはヤスヒコをどこの小学校に通わせるべきか、何のクラブに入れようかなど、楽しげに、語り合っていた。

平和なのは、ここまでだった。

許されていたのは、ここまでだった。

例外を認められていたのは、ヤスヒコが生まれて二週間。たった、それだけだった。

それは、この哀れな夫婦に許された、ほんの少しの、神様のお恵みだったのかもしれない。


時に、一九九二年秋。

この前の季節に、同じ静岡県の岡部《おかべ》で起こったとある事件については、二人とも新聞で読んで知っていたが、それがまさか、自分たち二人に起因しているとは、未来が視える霞ですら想像もつかない事だった。

岡部町にある、とある学校の旧校舎。

それが突如崩壊した『過去』が、自分たち二人の『未来』に原因があるとは、この時の霞と邦彦には、想像がつかない事だった。

この日の夜、霞は十年後の自分……十年後の未来を、また夢という形で見る事になる。

十年後の自分は、邦彦とは結婚していなかった。

そこでは当然、ヤスヒコなどという息子も生まれなかった。

では、ヤスヒコは一体、どこから来たのか？

語らなくては、ならないだろう。


夢の中で、霞は専業主婦だった。

二人の子を産み、中年になっていた。しかし、連れ合いが邦彦ではなかった。

そこは、裕福そうな家庭のリビングだった。そのリビングにおいてある棚だろう。そこに霞の手鏡が飾られていた。

「……飾られ？」

霞は、自分で自分の言葉に驚いた。

肌身離さず持ち歩くように、母に言われていたからだった。

十年後の自分……、三十七歳になった自分は、幸せそうだった。二人の子供は、いずれも可愛く成長しており、ちょうど食べ盛りなのか、驚く量の晩御飯を食べていた。その横で、亭主らしい男性が、ビールで晩酌をしていた。

「……何で？」

霞は、またも呟く。

これが夢である事は理解していた。ただし、自分は例の手鏡の中から、この『十年後』を覗いているのだ。

ならばこれは、ビジョン。

これは未来予知。

十年後の自分は、邦彦ではない別の男性を夫にし、ヤスヒコではない二人の子供を産んでいるのだった。

ならば、ヤスヒコはどうなったのだ？

邦彦とは、別れるのか？

「……ちょっと！」

霞は、鏡の中から、問い掛けた。

子供は就寝したのか、部屋に引き上げてリビングにはいない。亭主らしき男性も、夜が早いのか、いなかった。リビングには、皿を洗っていた十年後の霞しかいなかった。

十年後の霞に、霞は言う。

「ヤスヒコはどうしたの？　何で私、別の人と結婚しているの？」

十年後の霞が、何かに気づいたように顔を上げた。そして、リビングを見回して、

『……ああ』

と、声を漏らす。

十年後の自分が棚に寄ってきて、鏡を手に取った。

鏡に映っている顔は、間違いなく自分だった。霞には、それがよくわかった。

『十年前の私、ね？』

「そうよ」

『ビジョンで、見ているのね？』

「そうよ。……質問に」

答えて、という前に、十年後の霞が悲しそうな顔で言った。

『今すぐ、ビジョンを使うのをやめなさい』

「……え、な、なぜ？」

霞は、唸った。

なぜだ？

だってこれは、自分だけが使える、未来の世界。

その未来の世界の自分が、使うのをやめろと言う。

矛盾していた。

『手鏡を持ち歩くのも、やめなさい』

「何でよ！」

『冷静に考えて……未来を視る力が、人に幸福をもたらすと思う？』

心の底から悲しそうな顔で、十年後の自分が諭す。

『嫌な未来だって、何度も視たわ。お父さんとお母さんが死ぬ未来も視た。だけど、防げなかった……。私は、その時点でビジョンを使うのをやめたの。だから、ここにいる』

「だ、から？」

言っている意味が、理解できなかった。

「じゃあ、ヤスヒコは？」霞は言った。「あの子はどうしたのよ！」

『……ヤスヒコ？』十年後の自分が、首を傾げた。『誰の事？』

「私と邦彦の息子よ！」

『……ああ、そういう事』

はあ、と十年後の自分が大きく、息を吐いた。

『可哀想に……あなたは、産んでしまったのね』

「……？」

『私は産まなかったの。だから名前もないの。そうか、産んでいたら、ヤスヒコという名前だったのね……』

「産んで、ない……？」

あの女の子と同じだ。

十年前の自分も、ヤスヒコを産むビジョンを見なかったと言った。

『産んでいるのなら、もう無理、ね……』

十年後の自分が、鏡を棚に戻した。

「ちょっと!」

話をする気が無いのは、明らかだった。

「何で? なぜ、あの子を産んでは駄目だったの?」

『常識的に考えれば、わかるでしょう』

「それは……」

『私はもう、千秋じゃない。姓を変えたの。だからもう、この手鏡は要らないの。娘が一人いるけれど、鏡の継承はしない』

それから、十年後の自分が、振り返ってこう言う。

『そうか、あなた今、寝ているのね? 夢でビジョンを使っているのね? それは鏡をつけたまま寝ているから起こるの。今すぐ鏡を外しなさい。そうすれば、まだ間に合うかもしれない』

「だから、なぜ……?」

『それが起こった時には、もう遅いのよ』

本当に、悲しそうな顔だった。

『だから、未来予知の力があるんでしょうね。でも、あなた、人間は結局、今を生きるしかないの。未来を覗く事で、時間の先取りをすると、いつか、あなた自身にそれが降りかかるわ』

わけが、わからなかった。

『今すぐ起きて、鏡を外しなさい……。私に言えるのは、それまで』

「待って……」

霞が言っても、十年後の自分は振り返りもしなかった。つかつかと、リビングから出て行ってしまう。

しばらくすると彼女は戻ってきたが、何と手に大振りなトンカチを持っていた。

「……!?」

驚く霞を他所《よそ》に、十年後の自分は、鏡をテーブルに置いて振りかぶった。

何をするつもりなのかは、歴然だった。

「嘘でしょう?」霞は叫んだ。「なぜ、壊そうとするの?」

『それは、あなたへの台詞』

なぜか慈悲を感じる言葉だった。

『いい? 今すぐ、鏡を外しなさい……』

トンカチが、振り下ろされた。

霞の夢は、粉々に打ち砕かれた。

「っ！」

霞は飛び起きた。

時刻は、午前三時。部屋の中は薄暗かった。

霞は、懸命に目を凝らして、自分の横で寝ている二人の男性を探した。

十年後の自分が否定した、邦彦とヤスヒコを探した。

もちろん、二人はいた。ぐっすりと眠っている。それに構わず霞はヤスヒコを抱き締めた。

なぜ、誰もが否定するのだろう？

この命は確かにここにあって、脈打って、血が巡り、私の乳を吸い、生きているのに。

どうして、否定されなければならない？

理不尽すぎる、と霞は思った。

『私は、産まなかったの』

馬鹿な事を。あの女は、愚かな選択をしたのだと、考えた。

この子の誕生を否定するような事は、あってはならない。

薄闇の中、それは一人の母親としての強い決意だった。

だから、十年前の彼女の言うことはきかず、霞は、鏡を手放さなかった。

これから先、どのような未来が待ち受けているのか……。

ヤスヒコは、病気にかかるかもしれない。現に昨夜、原因不明の高熱を発した。

事前にその未来を視ていたから、三島病院ではなく、最初から県立病院に行ったから、助かったのかもしれない。

もしあのまま、三島病院から救急車に乗っていたら、間に合わなかったかもしれないのだ。

ヤスヒコが助かった保証はない。

鏡のお陰で、ヤスヒコは助かったのだ。

未来が視えたから、我が子の命は潰えずにすんだのだ。

夜も明けきらぬ時間に、霞は子供と鏡と一緒に抱き締めた。

この子の未来を守るために、この力は必要なのだ。そう結論づけた。

だが、同時に霞は、不可解な事に気がついた。

ビジョンの中で自分は最初、自宅から一番近い三島病院にヤスヒコを連れて行った。ビジョンで事前にこの光景を見ていなかったら、実際に霞はそうしただろう。最初から、遠くて治療費も高い、県立病院に行こうとは考えなかっただろう。

ならば、その未来はどこに行ったのだろう？

「最初から……」

三島病院に連れて行けば？

どうせ、県立病院に行く事は決まっていた。

霞のした事は、ほんの少しだけ、タイミングをずらしたに過ぎない。

ほんの少しだけ、時間を稼いだ。

三島先生を、あの時間に起こす事もしなかった。

だが、

もしもあの時間、三島病院に、ヤスヒコ以外の急病患者が入ったとしたら？

三島先生は、起きていない。だから、その分だけ準備に時間が掛かる。

それはつまり、治療にかかる時間を、霞が奪ってしまったのと同じ事ではないのか？

治ればいい。

助かれば、別にいい。

だが、もしも亡くなってしまったら？

霞が、『来なかった』せいで、亡くなった事になるのでは？

ぼんやりと、霞はそんな事を考えたが、すぐに頭を振って、その思考を散らした。

もしもの未来など、考えても無駄だ。

しかし、ヤスヒコをベビーベッドに戻し、自分も布団に戻る最中、ふと先程の一言が、霞の胸をついた。

『未来を覗く事で、時間の先取りをすると、いつか、あなた自身にそれが降りかかるわ』

『それ』とは何なのか、彼女は語ってくれなかった。

もちろん、霞も、それとは何なのか、考えもしなかった。

翌日から『それ』が始まるのだが、彼女の鏡は、その未来を教えてはくれなかった。


始まりは、県立病院だった。

あの時、病院でヤスヒコに処方してもらった薬は一日分しかもらえなかった。なので霞は、我が子が再び発熱に襲われた際に服用させるため、ヤスヒコを近所の託児所に預け、県立病院をもう一度訪れていた。

その病院の、受付の反応が変だった。

「千秋です」

受付で霞は、そう名乗った。

「先日はお世話になりました。それで、あの時処方していただいた薬を、もう一度いただきたいんですが？」

受付の女性の反応が、冷ややかだった。

「申し訳ありませんが、もう一度、お名前を……」

「千秋、霞です」それから、慌てて言い直す。「あ、患者の名前だったら、ヤスヒコです。千秋ヤスヒコ」

「ヤスヒコ……、千秋……」

受付の女性が、名簿を見る。

「ありませんね。初診の方でしたら、保険証を……」

「え？」逆に、霞が驚いた。「いえいえ、千秋ですよ。一昨日の夜に、ここに赤ん坊を連れてきたんですが」

確かにあの時の受付の女性は、この人だったのだ。ネームプレートこそ確認していないが、霞は彼女に、治療代と薬代を支払ったはずである。

「一昨日、この病院の、小児科の、高橋先生に診てもらったんですが」

「……当病院には、小児科の、高橋という医師は、おりませんよ？」

「ええ？」

「棚橋医師ならいますが……」

「いえ、たかはし、です。間違いありません。眼鏡を掛けている長身の男性で、四十歳ぐらいの先生です」

「……泌尿器科に、高橋という医師はいますが、女性です」

霞には、わけがわからなかった。

確かにこの病院なのだ。ここへヤスヒコを連れてきて、高橋先生に診てもらい、薬を処方された。その代金を支払ったのは、間違いなくこの女性に対してなのに、覚えがないと言う。

県立の病院は来院者数が多いから、ひとりひとりの客など覚えていられないだろう。

だが、診察を受けたカルテが残っているはずである。

もう一度名前、住所、電話番号まで調べてもらったが、一昨日に、ヤスヒコを治療した記録は残っていないと言う。そして当夜、治療した医師も、存在しない
カルテがないのは、病院側の不始末の可能性もある。

しかし、たった二日前までこの病院に在籍していた高橋先生がいない。

「昨日、高橋先生がこの病院を辞めたという事ですか？」

「昨日、辞めた医師はいませんよ」

霞は状況がのみこめなかった。

目的は別に、高橋先生に会う事ではない。霞は半ば自棄《やけ》になり、薬の一覧表を受付に出した。

「せめてこの薬を処方してください」

「少々お待ちください」

受付の女性が奥に入ったので、霞は待合室の椅子に座った。落ち着くよう自分に言いき

かせたが頭の中はごちゃごちゃである。

意味がわからない。

確かにこの病院なのに。

名前を呼ばれたので、霞は立ち上がった。受付では、先程の女性とともに、男性が一人待っていた。その男性を見て、霞は思わず声をあげる。

「高橋先生」

一昨日ヤスヒコを治療した高橋先生だった。

「何だ、いらっしゃるんじゃないですか」

「いえ」受付の女性がすぐに否定した。首を振る。「彼は、確かに高橋ですが、医者ではありません。薬剤師です」

「え……？」

驚く霞をよそに、淡々と女性は説明を始めた。

「それから、この薬なんですが……、薬剤師の高橋が調べたのですが、彼は知らないと」

高橋が頷く。

「存在しないんですよ。こんな薬」

「そんな、馬鹿な」

確かにこの人が、高橋先生が処方した薬なのだ。本人が知らぬなど、ありえない。

「……これはどういう形状の薬だったんですか？　カプセルですか？　液状ですか？」

「錠剤でした」

覚えている限りの情報を、霞は提供した。

「飲み薬です。紫色で、匂いがついてました。ラベンダーの……」

「聞いた事がありません。この処方箋は確かに当病院のものですが、小児科に、高橋という医師はいないんでしょう？」

受付の女性に再度確認して、薬剤師の高橋が言う。

「……失礼ですが、千秋さん、誰の診察を受けたのですか？」

あなたです、という声が、どうしても出てこなかった。


事情がわからず、薬も買えぬまま、託児所に息子を迎えに行って帰宅すると、平日にも拘らず、なぜか夫が家にいた。

しかも、理由はわからないが、ものすごく機嫌が悪い。

「わけがわからん」

邦彦は今朝の出来事を話し始めた。

彼は、静岡市にある商社に勤めているのだが、今朝、いつものように出社し、自分の席に座ろうとしたところ、顔なじみの警備員に止められたのだと言う。

「警備員さんが、あなたに用があったの？」

「違うんだよ」

イライラした様子で、邦彦は言った。

誰も、知らないのだと言う。

邦彦の事を、誰も認めないのだと言う。

昨日まで親しげに話していた同僚、彼に指示をくれる上司、毎朝挨拶を交わす社の受付嬢、社員食堂にいるなじみのおばちゃん、そしてもちろん、警備員も。

「誰も、俺の事を、覚えてないって言うんだ。知らないって。どこの誰だよって」悔しげに、邦彦は説明した。「俺ですよって俺は言ったんだ。千秋邦彦ですよ。この会社の社員ですよって」

その証拠の社員証を掲げても、誰も彼を認めない。

お前は誰だ？

一緒に働いていた？　嘘をつけ。

お前が座ろうとした席は、桜井の席だ。お前など知らない。

――出て行け。

と。

「何なんだよ、畜生」ぎり、と歯軋りする邦彦。「遠まわしのクビなのかと思って、上司に確認しても、そうじゃないらしい。芝居している様子でもない。みんな、本当に、俺を……昨日まで一緒に働いていた俺を」

知らない。

お前など、見た事も、聞いた事も、ない。

「会社、追い出されちまった……」

霞が、まったく同じ経験をした事を語るには、少々時間が必要だった。

それほどに、二人とも、混乱していたのである。

ややあって、話し合った後、会社に抗議をすべきだという意見にまとまった。解雇通告もされていないのだから、当然である。邦彦の方はそれでいいとしても、

「ヤスヒコを診てもらった高橋先生が、転職したんじゃないのか？」

「本人に書いてもらった処方箋を見せても、何の薬かわからないって言うのよ」

記憶が変わったのでは、ない。記憶が変わっただけでは高橋先生に起きた現象に、説明がつかない。

説明がつくとしたら、こう解釈するしかない。

過去が変わったのだ。

「……まさか」

霞は立ち上がり、どこかに電話を掛けた。数分後消沈した様子の妻を見て、邦彦が訝《いぶか》しげに声を掛けた。

「……まさか、お前も？」

霞は、うな垂れた。「書店に電話してみた。そこで働いていた千秋ですって名乗って。今は育児で休暇をいただいている千秋ですって。復職の時期を相談させてくださいって。でも」

どなたですか？　あなた。

うちの店に、千秋という店員はいません。

育児休暇を取っている人もいません。

「榊さんや、佐藤さんはいますよね？」

榊はいませんが、佐藤はいます。

いえ、佐藤は女性ではありません。男性です。

何を言っているんですか？　誰ですか？

誰何《すいか》する声も、霞の知っていた店長の声とは違っていた。

「たった一日で、何もかも変わってしまった……！」

なぜ、こんな事が起こる？

どうして、すべての認識が無かった事になっている？

なす術《すべ》がない程、霞と邦彦は困った。

そうした時、霞はほとんど無意識に、あの手鏡に頼ってしまう。

未来さえ、わかれば。

結果さえ知れれば。

それがわずかな希望に繋がると霞は信じていたのだ。

だが今、知りたいのは未来ではなかった。

こんな事になってしまった原因……過去の事だった。

霞の手鏡は、未来は教えてくれるが過去は語らない。

その事は、ちゃんとわきまえていた霞だったが、それでも、手を伸ばしてしまう。

手を伸ばせば、鏡はちゃんと答えてくれる。

未来を、教えてくれる。

最悪の未来を、鏡は霞に届けた。

その『未来』を視て、霞は瞠目《どうもく》した。

信じられなかった。視たくもないし、考えたくもない。手鏡に触れている事すら、嫌になった。

こんな未来を届けようとする手鏡が、憎いとさえ思えた。

「あ、あなた……」

「どうした？」邦彦はまだ、ヤスヒコを抱いている。「ビジョンか？　何の未来を視たんだ？　……お願いだから、これ以上わけのわからない事を言い出さないでくれよ？」

「しん、じゃう」

「は？」

「ヤスヒコが……、死んじゃう！」

その言葉を聞いた瞬間、ヤスヒコに再び高熱が宿った。

2　未来①

とにかく、医者に見せねばならない。霞と邦彦は部屋を飛び出し、街道筋を行くタクシーを捕まえた。乗り込んでから、霞が運転手に言う。

「三島病院までお願いします。ええ、公団住宅の向こう側の……」

運転手はそれで理解してくれ、タクシーが発進した。同時に、邦彦が何かに気づいてマンションの方向を振り返る。

「しまった。先に病院に電話をしておくべきだった」

「あ！　そうだったね」

霞も後悔したが、部屋を出てしまった後ではどうにもならない。

九二年、秋。

この時点で三島病院に電話をかけていれば、今後の事態は、もう少しだけ別の展開になったかもしれないが、いずれにせよ、二人の選択になんら影響を与える事ではなかったかもしれない。

三島病院に着くと、あらかじめ話してあった通り、霞が先に飛び出し、邦彦が料金を支払うためにタクシーに残った。

霞は病院前の道を走り、前に視たビジョンと違い診療時間内であったため、遠慮なくドアを開けた。

が、何かが違った。

何かが、変だ。

知っている三島病院の様子と、現実の病院の雰囲気が、少しだけ異なっていた。

「男性の、声がする」

産婦人科小児科に男性の声がしても、おかしくはないのだが、人数が多い。

産婦人科小児科に来る男性といえば、妊娠した女性のパートナー、もしくは父親か男児だろう。いずれにしても、ここまで、ざわめくように響く事はない。

それなのに、わずかに開いたドアから、近所の、まるで寄り合いのような声が届いていた。

違和感に、戸惑っている場合ではない。

ヤスヒコが、死ぬのだ。

ビジョンを、見てしまったのだ。

「三島先生、千秋です！」

ドアを開けると同時に、霞は叫んだ。

「ヤスヒコがまた、発熱を……」

しまった、と思った。

霞が三島病院に行ったのは、ビジョンの中だけである。この病院では我が子の治療が不可能だと最初からわかっていたため、現実の霞は、ヤスヒコの発熱の件でこの病院を訪れた事はない。

『また』というのは余計な一言だったのだが、しかし、それどころではなかった。

まず、霞がドアを開けた先、治療に来ていた患者が、ちょうど帰ろうとしていたところだったのだろう。急いで飛び込んできた霞と、ぶつかりそうになる。

「――おっと!」

「あ、すいませ……」

ぶつかりそうになった相手は、老年の男性だった。

「おいおい、気をつけなさいよ」

病院の中は、変わっていなかった。

小さな診察室が一つに、ピンク色の電話が置いてある待合室。

そこにいる人々が、様変わりしていた。

しかし、治療を待つ人々は、むしろ霞の方を、奇異なものを見るような視線で見つめていた。

なんで、この場所に、赤ん坊を連れてくるのか。

女性が治療を望んでいるのなら、なぜ赤ん坊を連れてきたのか。

赤ん坊が、治療を受けるはずがない。まだ、生えてもいないのだから。

受付の女性が気を使って、霞に声をかけた。

「どちらの治療でしょうか？　赤ちゃん、ではないですよね？」

ヤスヒコは、発熱していて、顔が真っ赤だった。

この状況を見れば、治療が必要なのはどちらか、明らかだと思うのだが。

その時遅れて待合室に入ってきた邦彦が、霞の肩を摑む。

「霞……」空恐ろしいものでも見たように、声がふるえていた。「何だ？　これは……」

霞は三島病院でヤスヒコを産んだ。当然、邦彦もこの病院に来た事があるし、三島先生とも顔見知りである。

邦彦の、指し示す先を見て、霞は愕然とする。

受付のプレートには、『三島歯科医院』とあった。

「どうかしたのか？」

男性の声がした。見ると、治療室から、白衣姿の壮年の男性が現れた。

男性が霞と邦彦を見て、受付の女性に問う。

「初診の人？　もう受付はすませた？」

霞が、ふるえる声で聞いた。「ここは三島病院、ですよね？」

「そうですよ」

「三島、産婦人科小児科病院、ですよね」

恐らく院長と思われる男性が、不可解そうな顔をした。

何を言っているのか。受付のプレートが、目に見えないのか。

「俺、聞いた事がある。三島先生には弟がいて、歯科医をやってるって」

邦彦にそう言われても、霞に返す言葉はなかった。

この病院は、確かに昨日まで、三島産婦人科小児科病院だったのだ。

それが今では、歯科医院になっている。

変わっている。

過去が、変えられてしまっている。

邦彦が、院長らしい男性に近づき、事情を説明した。

「困っているのはわかりますが」

院長が、霞と、霞に抱きかかえられているヤスヒコを見て、言う。

「うちは歯科医院ですから、赤ちゃんを連れてこられても、治療はできませんよ」

「三島先生の弟さんですよね？　産婦人科医をしているお姉様の三島先生は、どこに行かれたんですか？」

　邦彦の言葉に、院長は再び、解せぬ顔つきになった。

「何を仰ってるんですか？　私に姉なんていませんよ」

「で、でもこの場所は……」

　確かに、産婦人科の病院だったのだ。

「失礼ですが、私はここで、二十年も歯科医をやっているんですよ」

　こうなれば、県立病院に行くしかない。

　二人はもう一度タクシーを拾い、行き先を告げた。

　車中で、霞はヤスヒコを抱き締める。

　紫色でラベンダーの香りがする、薬。

　あれさえあれば、この子の苦しみを取り除いてあげられるのに。

　だが、その薬は既にない。

　時の狭間に零れ落ち、行方不明になってしまった。

　県立病院に着いて、受付で説明をしたが、やはり今朝と同じ事になった。

「治療を担当した医師の名前を教えてください」

「だから、小児科の高橋先生だと言っているじゃないですか！」

「ですから、当病院には、泌尿器科にしか高橋という医師はおりません」

霞と受付の女性とで、同じやり取りになった。

「霞」邦彦が、冷静な声で言う。「その先生の事はもういい。とにかくヤスヒコを診てくれるよう、頼むんだ」

そうすべきなのは、霞にもわかっていた。

だが、前回診てもらった時に、原因がわからなかったように、診せても無駄なのでは、と霞は心配でならなかった。

必要なのは、医者ではない。

必要なのは、あのラベンダーの薬なのだ。

案の定、医者に診せても、ヤスヒコの発熱の原因はわからなかった。

原因がわからない以上、特効薬はないし、ヤスヒコは生まれたばかりの赤子である。治療をすると言っても、無理な事はできないのだろう。

「入院を、お勧めします」

新しく担当になった、赤木という女性医師が言った。

「発熱の原因がわかりませんので、すぐに治療を施せる状況にしないと、このままでは危険かもしれません」

霞はうな垂れて、頷いた。医師の言葉はもっともだと思ったからだ。だがそれは現段階で、県立の病院でも、ヤスヒコを救うのは不可能だという事を意味する。

霞を絶望と、倦怠感が襲ったのは無理もないことだった。

「じゃあ、俺が入院の手続きをしてくるから……霞は、ヤスヒコの傍に付いていてやってくれ。それから」

邦彦が霞に近づき、彼女にだけ聞こえる声で囁いた。

「もうビジョンは使うな。少なくともヤスヒコの件についてだけは。……助かるかもしれないんだ。いや、助けなきゃいけない」

だから、たとえ予知で我が子の死を見たとしても、絶望するな。

夫の言いたい事は、そういう事だったのだろう。

だが、霞にとってこの言葉は、逆効果だった。

邦彦の言った事は正しい。絶望に苛まれている今の霞でも、理解できた。

病院の薬臭い待合室の椅子に腰掛けながら、霞の指は、自然と首元へ向かっていった。

行き交う入院客や、医師、看護婦、見舞いの客。

助かるかどうか、わからない人々。治るかどうか、予測できない人々。

「……私は、違う」

誰にも聞こえない声で、霞は、呟いた。

「……私には、わかる」

どこかで、子供の泣き声がした。

「視れば、わかる……!」

助ける術が。

躊躇《ためら》わなかった。

未来を視る術を知りながら、それを使って、我が子を助けようとしない親が、どこにいる?

鏡を取り出し、霞は願った。

どうか、未来を視せてくれと。

ヤスヒコが、助かって、元気に成長した姿を、視せてくれと。

鏡は応えた。

応え、すぎた。


ビジョンの最中にあって、霞は、混乱した。

『ここ』までの未来は、霞は想像していなかった。

「何なの、これは……」

我が子、ヤスヒコは成長していた。中学校二年生ぐらいだろう。

知らない町の様子だった。恐らく、静岡県内だろう。谷沿いに広がる茶畑の様子から、それがわかる。

その町に、ヤスヒコがいる。

それも、たくさん、いる。

「……？　……え、……どういうこと？」

そこの角にヤスヒコがいる。男友達と一緒に歩いている。

図書館の中にもヤスヒコがいる。こちらは女の友達と一緒に本を読んでいる。

古い校舎の中にも、ヤスヒコがいた。一階に三人、二階に四人、図書室に一人、職員室に一人、廊下を歩いているのが、ヤスヒコが、複数いるのだ。全部で八人。

いすぎるのだ。

霞は、過呼吸発作に襲われた。

理解できない状況を、大量に脳に押しこめられれば、身体が拒否反応をおこすのも無理はない。

「大丈夫ですか？」

通りかかった看護婦が、霞の肩に手を置いた。

「大丈夫です。ありがとう」

「担当の医師は誰ですか？」

「いえ、私は患者じゃありません。大丈夫です」

ビジョンから、一瞬だけ現実に戻ってきた霞がなんとか返事をすると、看護婦はこちらを気にしながら立ち去った。

何だ、あれは。

なぜ、あんな事になっている？

「……十、九人」

確認しただけで、それだけの『ヤスヒコ』がいた。

同じ時空に、同じ町に、同じ学校に。

霞は、もう一度ビジョンを発動させた。先程と、同じ時代に意識を飛ばす。

町の外れの森に、ヤスヒコがいた。

だが、その姿がすぐに消える。

彼の友達らしい、色黒の少年が言った。

『二十八人目、終了』

視ている霞は、目の前の光景が信じられなかった。

そこに、一瞬でヤスヒコが登場したからだった。

『桜井さん担当、終わったよ』

『そっか、んじゃ次は……、この時刻だと、学校の屋上に加藤がいるから、そっちに行ってくれ』

『了解、じゃ』

わけがわからなかったが、次の色黒の少年の発言で、さらに混乱する。

『これでクラスの半数は終了か。ああ、かったるい』

その子が、首を鳴らした。

『まさかなあ、九二年の夏にこんな事になるとはなあ』

九二年の、夏？

それはもう、過ぎ去った日だ。

今は、九二年の秋なのだから。

「どうして……？」

自分が行えるのは未来予知だ。

過去は視えない。

このビジョンの中の少年は、『今』を九二年の夏だと言っている。

どうなっているのか。

次の瞬間、鏡が割れた。

少なくとも、霞にはそう見えた。

だが、ひびが入った場所が、今度は何かで接着されていく。

ひび割れた鏡の向こうから、先日見た、十年後の自分よりも、少しだけ老けた顔つきの霞が現れた。

『まだ、使っている』

「あ、あなたは……」

『そうよ、鏡を叩き割った私よ』

「どうして……」

『セロハンテープでくっつけたら、何とかなったわ』

「セ……」

便利に、できているものだ。

『ビジョンを使うのは、やめなさいと言ったはずよ』

「ヤスヒコが死にそうなのよ！」

『だから、言ったでしょう。そんな子供はいないのよ。いないのが、正解なの』

「いたもの。……大勢」

『大勢？』

「大勢、いたの。……過去に」

動揺している一九九二年の霞を見て、未来の自分が顔を曇らせる。

『あなた、それがあなたのせいだって、わかってるでしょ？』

「私の？」

『時空が変なふうに歪むとしたら、未来が視えるビジョンのせいだって事』

「それは……」

『私はね、ある時に気がついたの』十年後の自分が、疲れた声で言う。『あなたからのビジョンを受けて、思ったの。何で私には、未来だけじゃなくて、過去も視えるんだろうって。だっておかしいでしょ？　この鏡は未来を知るためのもの。それなのに現実には、未来の私が、過去の私に接触できる。これはおかしいのよ。理を、外れている』

「それが何だって言うの？　現に、あなただって『過去』で未来を視てきたのでしょう？」

『でも、こう解釈すれば不自然じゃない事に気がついたのよ。……要は、時間というのは「輪」なのよ。スタート地点から出発しても、ゴール地点はスタート地点にしか過ぎないの。過去は未来で、未来は過去なのよ』

「だとしたら、現在って何なのよ」

『そこよ』

未来が、現在に、指を立てた。

『そこが現在だと、あなたは言ったわね。でも、私から見れば現在はここなのよ』

「だから？」

『わからないかしら。現在なんてものはないの。現在が現在だと思い込むための、単なる言葉に過ぎないのよ』

「何が言いたいのか……」

『だとしたら、現在、ってなくなるわよ。消えてなくなるのよ。ビジョンを使いすぎるとそうなるの。ねえ、あなたが視ているのは本当に未来かしら？　でも、私にとって、ここは未来じゃなく現在よ。過去のあなたから視れば、現在のあなたは未来なのよ』

「ちゃんと、私にわかるように言いなさいよ！」

わけのわからないことを一気に話された苛立ちから、霞は怒鳴った。

『未来を視る事で、私たちは現在を変えようとしてはいけないのよ。どこかで不具合が出てしまう』

霞には思い当たる節があった。

存在しない、小児科医の高橋先生。彼は『今』、薬剤師の高橋先生。

過去の三島病院は産婦人科小児科で、『今』の三島病院は歯科医院。

なぜ、過去が変わった？

『心当たりがあるようね』

ヤスヒコを助けたいだけなのに。

『未来を視ると、過去が変わるの。だからビジョンを使っては、いけないのよ』

「私が、未来を視る事で、他の人の過去も変えてしまっているという事？」

『そういう事。責任が持てない力を、使うべきではないの』

ならば助けられる。

できるはずだ。

未来の霞が、現在の霞を、不審げな目で見つめた。

『やめなさい』

「できる……」

『できないのよ！　それは』

「私には、できる……！」

『わかっているでしょ？　それは、つまり……』

「責任さえ、取ればいいんでしょ？」

『馬鹿な事を！』

未来の霞が、現在の霞に、手を伸ばした。

手は鏡を通過して、ビジョンの中の霞の首を摑む。

「……な、なんで？」

『できて当たり前でしょう！　私は、私だもの！』

しかし、これは時空の理でも、何でもない。

二十代の霞が、三十代の霞より力が強いのは、明らかだった。

霞は自らの抵抗を押さえつけ、手を鏡の中へ戻す。

その際、三十代の霞の指が、二十代の霞の右手首を引っかいた。

同時に、三十代の霞の右手の同じ箇所に、古傷が出現する。

「……やっぱり！」

霞が、歓喜にふるえた。逆に、未来の霞は、裏切られたような表情で叫ぶ。

『やめなさ――

未来の霞の声は、届かなかった。

現在の霞が、意図的にビジョンを中断させたからだった。

霞は、ぐっしょりと汗をかいていた。バッグからタオルを取り出そうとすると、視界に、見覚えのあるタオルが差し出された。

「あなた……」

　邦彦が、霞の横に座っていた。

　霞は邦彦からタオルを受け取り、顔と背中を拭いた。

「ビジョン中だと思ったから、大人しく待ってた。……何で、約束を守らなかったんだ。ビジョンは」

「私は使わないなんて、言ってない」切り捨てるように、霞は言った。「そうだ、いい事を思いついたから、もうちょっと使わせて」

「ヤスヒコの未来を視ていたんじゃないのか？」

「いいえ、ちょっと邪魔が入ったの」

「邪魔って」

「とにかく、もう少しだけ、時間をちょうだい」

　再び霞は、ビジョンに入った。


　それは、病室の光景だった。

　ヤスヒコが、ベッドに寝かされている。すやすやと、穏やかな寝息を立てていた。

　それを視て、霞はほっとした。

そっと病室を抜け出て、隣の病室で、入院患者らしいおじいさんが読んでいる新聞から、ビジョンのなかの今日の日付を確認する。

それは、霞が今いる現在から数えて、一週間後の事だった。

廊下から看護婦たちの、慌《あわただ》しい雰囲気が伝わってきた。

『千秋さんの……』

『あの子、どうしたの？』

『とにかく先生を呼んできて』

その声を聞いて、霞は、ヤスヒコの病室へ戻った。

ヤスヒコは、高熱に苦しんでいた。

やはり、治っていなかったのだ。

紫の薬以外、ヤスヒコを救う手立てはなかったのだ。

すぐに赤木先生が駆けつけ、ヤスヒコの具合を見るが、ただ、首を振るだけだ。

『千秋さん夫妻に連絡は？』

『電話を掛けても留守番になるばかりで』

『今日、付き添いの予定じゃなかったの？』

『そのはずなんですが、受付に確認しても、来院してはいないと』

そう、自分は来ないのだ。

未来において、自分はこの病室には、来られないのだ。

『まずい』

赤木先生が、体温計を見て、目を見開く。

『……三十八度を超えている。このままでは』

他の看護婦が、赤木先生に尋ねる。

『やはり、駄目ですか？』

『原因がわからない限り、手の施しようがない』

医師も、看護婦も、ただ立ち尽くすだけだった。

それを視て、霞は三島病院の待合室で、自分の不甲斐なさに絶望していた『ビジョン』を思い出す。

「やっぱり、無理なの？」

『早く千秋さんを呼ぶのよ！　本当に最後になってしまう！』

赤木先生の、悲壮な声が響く。

「死ぬの？」

霞はビジョンの中の我が子に、手を伸ばした。

触れる事はできない。それは、わかっていた。

自分にできる事は、ただ、視る事だけ。

「無理、なの？　助かる未来は、残されていないの？　なぜ？」

なぜ、と霞が呟いた後に、その場にいた看護婦も医者に向かって問い掛けた。

『なぜなんです、先生？　この病気は、何なんですか？』

『恐らくこれは、病気じゃない』赤木先生が、首を振る。『遺伝的な……疾患だと思う』

「いでん……？」

霞が、呟いた。


「千秋さん？」

現実の、赤木先生の声がして、霞はビジョンから起こされた。

「千秋さん？　どうしたんですか？」

いつのまにか赤木先生が待合室に現れ、霞の顔をのぞきこんでいた。

「……いえ」

ビジョンは、未来。

起こりうるべくして、起こる未来。

今霞の目の前にいる赤木先生は、一週間後に再び発熱する息子に対して『遺伝的な疾患』と、発言するのである。

親として、母親として、激怒していい発言だ。

だが、霞は怒らなかった。

立ち上がり、赤木に向かって頭を下げた。

「赤木先生、ヤスヒコを、どうか救ってください」

「わかりました。任せてください」

一週間後の未来において、我が子を見殺しにする医者に向かい、霞は真摯に頭を下げた。

それは、皮肉以外の何物でもなかった。

入院の手続きを済ませた後、霞は帰路で、邦彦にビジョンで視たことを説明した。

急ぐ必要は無かったので、二人は、興津の町をゆっくりと歩いた。

恐らく、ヤスヒコは死ぬ。

だが、そんな事はさせない。

そのためにも、ヤスヒコが死ななければならない原因を追及する。

「……どうやって？」

夫の質問は当然のものだった。

「医者にわからないものを、俺たちが、どうやって」

「ヤスヒコの発熱は、病気じゃない。ビジョンで赤木先生がそう言っていた」

「じゃあ、尚更俺たちには無理じゃないか」

「いいえ。できる」

霞は、手鏡を取り出した。それを見て、邦彦が顔をしかめる。

「……未来を視る鏡で、何をどうするって言うんだ？」

「未来……」

その言葉をきっかけに霞は思いついた。

正直、二十何年も生きていて、今までこの事実に気がつかなかったことが、不思議なほどだった。

「ねえ、あなた。鏡って、普通はそこにあるものを映すものよね？」

「……何を言ってるんだ？」

「鏡は、『現在』を映すものよね」

「そうに決まってるじゃないか」

「でも、例えば……」

霞は、鏡にそっと指を這わせた。

「鏡は、そこにある『現在』をずっと映し続けている。ずっとずっと、何年も何年も、映している。それは、この鏡の中には、鏡が作られてから今までの連続している『現在』が、映し出された、って事よね」

「それが、どうかしたのか？」

「鏡の中には、『過去』があるんじゃないかって、言いたいのよ」

邦彦が、少しだけ黙った。

「……まあ、考えようによっては、そうだな」

「もし、時間がループするものであれば、スタートとゴールが同じであれば、過去を視る事は、未来を視る事と、同じよね？」

「……だから、君の鏡は、未来が視えるって言いたいの？」

「そういうこと、そして……」

霞が振り向いて、遠方に立つ、病院を見た。

高熱と闘っている我が子の顔を、思い浮かべた。

十年前の私は、ヤスヒコを産むビジョンなど、視なかった。

十年後の私は、ヤスヒコを産まなかった。

だが、私は産んだ。

現在の私は、産む事を選び、だがそれが間違っていると言われた。

ならば、なぜ――、過去の夏に、あれだけのヤスヒコが存在した？

自分が間違っていなかったからではないのか。

ならば、私はそうする。

ヤスヒコを救うために、すべての責任を負う。

「あなた」

決意を込めて、霞は言った。

「過去を、変えましょう」

3　過去①

「過去を変える」

既に場面は、千秋夫婦の居室に戻っていた。テーブルの前で唸っている邦彦に、霞がお茶を出した。例の川根にいる知り合いから貰ったお茶だった。

お茶を飲んだ邦彦が、おもむろに話しはじめる。

「正直言って、わけがわからないんだが……。一体、どういう事だ？　過去を変えるって」

「夫婦なんだから、具体的な話をするわよ」

邦彦の対面に、霞が座った。同時に、目も据わっていた。

「ヤスヒコが生まれたのは、いつ？」

「二週間前の、十月二日だろ？」

「そう、では……」

霞が、邦彦の目をじろりと覗き込んだ。

「あなたの精子と私の卵子が受精したのはいつ？」

　妻の不躾な質問に、流石に邦彦も、数秒は黙った。

「それはつまり、俺が、お前を抱いた時はいつ？　って事か？」

「抱いたって言うか、襲ったって言うか」

　それで、ヤスヒコを妊娠してしまった霞は、邦彦との結婚を決意するのだった。

「……逆算すれば」

「逆算しなくてもいい。あなたが初めて私を抱いたのは、いつだった？」

　邦彦が、頬をかきつつ答えた。「……今年の一月」

「そうね。で、例えばの話をすると、もう少しだけ季節を早めて、去年の秋にあなたが私を抱いたら、私は今年の秋じゃなくて、夏にあの子を産んでいた計算になるのよね？」

「そうだな、それは、そうなる」

「じゃあ夏に産んだヤスヒコは、秋に産んだヤスヒコと、同一人物かしら？」

「……あ？」

「だから、今、病院で苦しんでいるあの子と、夏に生まれたかもしれない子は、『同じ』かしら？」

　邦彦は何と答えたらいいのか判断しかねているような表情をしていた。

「それは……父親が俺、という条件は変わらない場合で？」

「別の人がって事になると、さらに話が複雑になるんだけど」

「それは」

しばらくの間、邦彦は黙っていたが、やがて結論を出した。

「そりゃ、本当に、究極的な意味で『同じ』かどうかって言ったら、『違う』だろう。父親が同じとはいえ、母親が二十歳の時に生まれた子と、四十歳の時に生まれた子は……、兄弟だが、それは『違う』」

「そうね、違うわ」霞が、決意を込めて言う。「だから、『病院で謎の高熱に苦しまない』ヤスヒコを産むように、過去を変えるの」

夫は、たっぷり十分間は沈黙していただろう。

十分後、もう一度お茶に手を伸ばしたが、当然それは冷え切っていた。

「淹れ直そうか？」

「いや、いい」

そして、さらに五分後、邦彦は言った。

「……言いたい事は、まあ、わかった」

「よかった」

「だが、具体的にどうするって言うんだ？」

「ビジョンで視たんだけど、赤木先生は、ヤスヒコの発熱は病気じゃなく、遺伝的な何かのせいだと言ったわ」

「それが？」

「つまり、どこかに、過去の何かに、問題があるはずなのよ。それを見つけ出して、問題を解決するの。そうすれば、ヤスヒコは救われる。助かるのよ」

「どうやって？」

「もちろん、これを使って」

霞が手鏡を取り出した。それを見て、夫が更に顔をしかめる。

「……未来が視える手鏡で、過去を、どう変えるって言うんだ？」

「じゃあ、なぜ三島病院は、産婦人科から歯科に変わったの？」

邦彦が、腕を組んだ。

「それは……」

「言ってなかったけれど……」

霞は、三日前の夜、ヤスヒコがはじめて高熱を発した際、ビジョンで自分は三島病院に行くであろう未来を視た事を、夫に告げた。

ただし、三島病院では病気の原因が掴めなかったので、ビジョンの中で、霞とヤスヒコは救急車に乗った。

そこまでの未来を視た霞は、ビジョンと同じように発熱した息子を、三島病院に預けても仕方が無い事はわかっていたので、最初から県立病院に向かった。

　そして、霞が視たビジョンの通りにしなかったので、過去が変わってしまった。

「三島病院は変わってしまった。産婦人科ではなく、歯科になってしまった。なぜ？」

「なぜって、俺に言われても」

「必要なくなったからよ」

　霞は、ビジョンの通りにしなかった。

　ビジョン、つまり未来を視た事で、現在を変えてしまった。

　現在を変えてしまうと、現在は消滅する。

　従って、未来も変わってしまう。

　未来が変わるには、過去が変わる必要がある。

　だから、過去が変わった。

　三島病院は、産婦人科ではなく、歯医者になった。

「だけど、ヤスヒコは三島病院で生まれたんだぞ？」

「だから、ヤスヒコは死のうとしてるんじゃない」

　ヤスヒコは、三島産婦人科小児科病院で生まれた。

　その三島病院は、無かった事にされた。

　なので、ヤスヒコは死んでしまう、未来に巻き込まれた。

「ちょっと待て」邦彦が、真剣な顔で言った。「だって、三島病院で生まれた子は、ヤスヒコだけじゃないんだぞ。何人も、何人も」

「だから県立病院の小児科だった高橋先生は、何人も、何人もの、過去が変わったせいで、小児科の医者じゃなく、薬剤師になってしまったのよ」

「……理解できない。どういうことだ？」

「医者になるには、医大へ行って勉強して、試験に合格して、免許を取る必要があるわよね？」

「ああ、それはわかる。だがそれがどうした？」

「なら、医大に入る試験で、合格しなかったら？」

「受かるまで勉強するしかないだろ」

「だったら、免許が取れなかったら？」

「それは、他の職業に就くしか……」言い掛けて、邦彦が止まる。「そういうことか」

邦彦が三度《みたび》黙った。

スケールの大きさに驚いたのだろう。

「過去にAさんという人がいたとしましょう。Aさんは小児科の高橋先生の学友で、お互いに勉強を重ねて、晴れて二人とも小児科の医者になった。だけど、Aさんは三島病院の生まれだったから、そこが無くなったから、Aさんの存在も消滅した。という事は高橋先生も小児科を目指す動機がなくなってしまった。無くなったから、過去の高橋先生は、小児科の医者ではなく、薬剤師を目指す事になってしまったの」

バタフライ・エフェクト、という言葉を、霞は知らない。

しかし、今、霞が説明した事は、まさにこの効果と言っていい。

一羽の蝶の羽ばたきが、離れた場所の将来の天候に影響する。

「もちろん、今言った事は喩え話よ。実際にAさんという人がいたという保障……いえ、過去と言った方がいいわね。そんな過去はなかったかもしれない。でも、高橋先生が小児科の医者として従事するようになるには、過去、沢山の人たちが彼を助けたり、怒ったり、導いたりした事は確か。医大の人々や、教授や同僚、様々な人物が、色々な所で、紡いできた過去があって、初めて高橋という男性は、小児科の医者になる事ができた」

「仮に、その中の誰か一人でもいなくなったら」

「そう、どこかで道が変わってしまう。こっちだよ、と導いてくれた人がいなくなってしまったら」

もしあの人と会わなかったら、

もしもあの時、あの道を行かなかったら。

あの夜、

霞という一人の女性が、我が子を抱えて、とある病院に行かなかった。

行っても、意味のない事を知った。

だから、行かなかった。

行かないのであれば、必要ない。

必要ないのであれば、必要する存在ではない。

ならば、消える。

「……じゃあ」邦彦が言う。「どうするって言うんだ？　具体的に。いや、そもそもそれだったら、何で俺たち二人だけ、『記憶』が残っているんだ？　俺たちは三島病院を産婦人科だと思っていたんだぞ。でも、現実にはあそこは歯医者になってた」

「私は、未来を視る能力者だもの。影響を受けなくても、別に変じゃないわ」

「お前はそうだろうけど、俺は？」

「その私の夫だから、大丈夫なんじゃないの？」

「……いや、それだけでは、納得できないんだが」

「とにかく、探すのよ」

「……何を？」

「私たちの記憶では、『こうなっていない』ところを探すの。そこが、時空の狭間なのだから」

「そこを見つけて、どうするって言うんだ」

「その場所の、過去を視る。この手鏡でね。そして、過去を遡《さかのぼ》り……」

手鏡を手に、霞は決意した。

「なぜ、ヤスヒコが死の運命に巻き込まれなければならないのか。その原因を突き止める。そして……」

最後の言葉を、霞はあえて、口にしなかった。

霞は、実はこう言いたかったのである。

「もしも、原因が誰か人間だった場合、そいつを殺してヤスヒコを救う」


こうなると、邦彦と霞が興津の町に生まれ、ろくにこの町から出ないまま、成長し、そして今もこの地に居をかまえているのは、幸いと言えた。

二人の家は、興津駅に近い、地元では下町と呼ばれている地域にあった。前にも書いたが、二人は幼馴染の関係だった。

そしてこの、小さな町である興津では、小学校も中学校も選択のしようがなく、二人は同じ学校へ通った。高校で進路が少しだけ別れ、邦彦は商業系、霞は女子高に進学した。

ただし、いずれも静岡市にある高校だったし、行きも帰りも同じ電車だった。

高校卒業後、邦彦は今も勤めている会社に入社。霞は邦彦と違い、地元で就職先を探したが、なかなか見つからず、その内に両親が二人とも亡くなってしまったので、いよいよ途方に暮れかけたが、幸いにもその時点で邦彦とそうした関係になったので、そのまま結婚。それから霞は書店でのバイトを始め、一年後にヤスヒコを授かる。二人の経緯を、簡単に表せばこうなる。

そうした自分たちの記憶の中から、『ここは、こうなっていなかったはず』、つまり、過去改変による影響を受けた場所を探すわけだが、

「静岡市にある、俺やお前の母校はどうなる？」

「……高校時代の友達が何か関係しているのであれば、そこも行ってみなくてはならないと思うけど……」

そこまで考えて、霞ははっとした。

二人はまだ自室にいたが、目の前のテーブルには、高校時代の友達から送られてきた、川根の茶が淹れてある。

が、この茶をヤスヒコに飲ませた事はないので、無関係だろうと判断した。

「それにさ」邦彦が言う。「百歩譲って、過去に何かが起こって、それでヤスヒコが、なぜか死の運命に巻き込まれた……。まあ、ここまではいい。もうこの時点で完全なＳＦだが、嫁が未来予知ができる時点でもう、諦めるしかないだろう。だが」

邦彦が、実に不満げな顔つきになった。

「俺や、お前の勤め先で、俺たちが『最初からいなかった』事にされているのは、なぜだ?」

「いえ、それも関係がある」

金銭問題だ。

現実的な問題として、千秋夫妻は、県立病院にヤスヒコの入院費及び治療代を支払わなくてはならない。そしてもちろん、この金を払う事ができなくなれば、ヤスヒコは死んでしまう。

こう話すと、邦彦は驚愕した。

「じゃあ何か? ヤスヒコが死ぬまで、俺たちは再就職もできないって言うのか? ……そんな馬鹿な話があるか!」

「そうね」霞も同意した。「こんな、馬鹿な話はないわ」

誰かが、過去を変えた。

過去を変えれば、現在も変わる。

そして、連綿と続く時間の流れは、ヤスヒコという、霞と邦彦の一人息子の存在を許さない。

時の流れから、何をどうやっても爪弾きにされるように、死の運命を強要する。

自分たちが、何の罪を犯したというのか。

生まれたばかりのあの子が、何の咎《とが》で、あんな目に遭わなくてはならないのか。

その理不尽さに、霞は怒りを覚えた。

二人はさっそく時の狭間を探すべく部屋を出た。今日の興津は、曇りだった。二人のマンションは高台にあり、部屋を出ると、海と山とが一望できる。

海からの潮風が、霞の長い茶色の髪を揺らす。

彼方に見える山間では、紅葉が、鮮やかに、生き生きとしていた。

「秋だな」

靴を履きつつ、邦彦が言った。

「もう少しで、由比《ゆい》の桜えびが解禁か？」

「ああ、そうね」

隣町の由比で採れる桜えびの掻き揚げが、邦彦の好物なのだ。

「……ヤスヒコにも、食べさせてやりてえな」

邦彦が、しみじみと、父親としての顔でそう語った。

それを聞いて、霞もまた微笑を浮かべる。

「ヤスヒコが元気になったら、親子三人で由比まで行って、食べてきましょう」

「そうだな。それに、ヤスヒコにはまだ、薩埵《さった》峠《とうげ》も清見寺《せいけん》も見せてない」

どちらも地元では有名な観光スポットだったが、まだヤスヒコは生まれてから二週間しか経っていないので、遠出ができなかったのだ。

「宗像《むなかた》さんに挨拶をしてから、行きましょう」

部屋を出た霞は、そう言った。

マンションからほど近くにある、宗像の女神を祭ったこの神社は、地元の子供たちの遊び場でもある。二人とも、よくここで遊んだものだ。

鳥居を抜け、手水を使った邦彦が、改めて神社の中を見回して言う。

「……まさか、この神社まで改変されてないよな？」

「まさか」霞は、笑って否定した。「だって、この神社、建てられてからもう一八〇〇年以上経ってるもの」

二人は社殿の前まで来て、賽銭を投げ、鈴緒を振って鈴を鳴らし、二拝二拍手をしてから手を合わせた。

お願いします。

どうか、私の息子を助けてください。

邦彦は、三秒ほどで拝礼を止めた。ここは『女体の森』という名前が示すように、男性にとっては、少しいづらい場所だったのだ。

幼い頃は、そうした事は気にならなかったが、大人になるにつれてどうしても意識するようになった。

そこで、邦彦は早々に礼を切り上げたのだが、横で一心に祈る彼の妻は、たっぷり十分以上頭をたれていた。

どうか助けてください、と。

まず、霞が働いていた書店に行ってみたのだが、外観に変化は無かった。ただし、霞がここで働いていたという過去は改変されていた。

「どうだった？」

客の振りをして店内を巡ってきた霞に、入り口近くの雑誌コーナーで、立ち読みをしていた邦彦が聞いた。

「……店長が、変わってた。それに、バイトのうち二人が知らない人だった」

「それも、過去が変わったせいか？」

「わからない……」

店を出てから、邦彦は頭をがりがりと掻きむしりながら、苛立たしげに言った。

「どうなってるんだ？　わけがわからん……、ヤスヒコが死の運命から逃れようとしているだけで、何でこんなに、俺たちの周囲に異変が起こる？」

霞は、夫のその不満には答えず、ただ手鏡を見ていた。

ビジョンを少しだけ発動していた。

見ている未来はもちろん、ヤスヒコの死の運命。

まだ、変わらない。

どこか過去が変わった部分を見つけないと、やはり運命の先、現実の時間では、一週間後に、ヤスヒコは死んでしまう。

「そういや、その手鏡……」

じっと、鏡を睨んで動かない霞に、邦彦が言った。

「なんかの折に、聞いた事があったな。何だっけ、親戚の集まりだと思ったけど」

「え、何が？」

「その、鏡な」邦彦が、霞の手鏡を指差して言う。「手鏡なんだと」

「……いや、知ってるけど」

「違う違う、そうじゃなくて、一般的な意味での『手鏡』じゃなくて、『手が出てくる鏡』だから、手鏡と言うんだそうだ」

「手が、出てくる？」霞は、目をきょろきょろさせた。「え、この鏡から手が出てきて、どうするの？」

「さあ……」

邦彦も、それ以上は何も知らなかったようで、会話はそこで終わってしまった。

次に二人は、結婚式を挙げた式場へ向かった。

二人の結婚式は、教会を模した建物の中で、賛美歌を歌い、聖書を読み、誓いの言葉を述べたわけだが、霞と邦彦はキリスト教徒ではない。

式場の受付では『写真を撮っておきたくなった』と、嘘をついて霞たちは中に入れてもらった。邦彦が懐かしげに目を細め、

「おお、懐かしい。当時はじっくりと観察している暇が無かったんだよな」

「誰かさんが、私に襲い掛かってきたからね」

と、霞が皮肉を言った。

霞が邦彦と結婚したのは、ヤスヒコを孕んだからで、つまり、お腹に子を抱えたまま、結婚式を挙げなくてはならず、当時は二人とも、非常に焦ったまま、式を迎えたのだった。だから、式には誰も招かなかった。親戚付き合いは途絶えていたし、急な式という事で、二人の友人をいきなり招くのも失礼になるだろうと話し合った結果、式は霞と邦彦、それに式場側が用意した神父（の役柄の男性）の三人しか、参加しなかった。

そんな経緯なので、霞と邦彦にとって、この式場の印象は非常に薄かった。記憶に残っているものも少ない。

それでも、過去に何かがあるのだとしたら、やはり式を挙げた会場を探ってみるべきだろうと霞は考えていた。

そのとき霞の目が、式場の隅に置かれていた、ティアラのようなものを捉えた。銀色の冠で、ちょうど真ん中にクッションが収まっており、周囲を絹でできた花が覆っていた。クッションの真ん中には、二つの窪みがある。

「ん……」邦彦もそれに気がついた。「ブーケか？」

「違うわよ、これに見覚えない？」

「え？ ……俺が、これを使って何かしたのか？ 覚えてないんだが」

「この上に載っていた物を、あなたが、私の左手の薬指に嵌めたのよ」

「ああ」そう言われれば、邦彦とて思い出す。「結婚指輪を載せる台か」

「リングピローって言うのよ」

何気なく、霞は自身の左手の薬指に嵌めていた、銀製の指輪を外した。邦彦から贈られた結婚指輪で、宝石はついていないが、銀色の太い指輪の表面に細かい蔦《つた》の装飾が施されている、霞のお気に入りの指輪だった。

「ダイヤモンドぐらい、何とかなったんだぜ」

言いながら、邦彦も自分の指輪を外した。

「私は、宝石よりも、装飾が気に入ったものを結婚指輪にしてほしかったのよ」

先に、邦彦の指輪をリングピローに嵌めたが、何も起こらなかった。

しかし、霞の指輪をリングピローに収めると、

「あ……」

霞が、自身の胸の前で手を握り締める。見なくても、霞にはわかった。

手鏡が、反応したのである。

次の瞬間、リングピローに収められていた二つの指輪の像が、ぶれた。

「ん？」

邦彦が目を擦った。

「おい、今……」

「これは……」

一瞬だけだが、確かに指輪が変わった。

邦彦が贈った銀製の指輪ではなく、金製で大振りのエメラルドが嵌った、大層高そうな指輪だった。一目見ただけで、霞は、

「趣味が悪い」

と、嫌悪した。

そして、過去が変わる。

銀製の指輪は消えて、いつの間にか霞の左手薬指に、先程見た金製でエメラルドのついた指輪が嵌っていた。

霞が、急いで手鏡を出して見ると、鏡はまさにその場所の過去を映し出していた。

ただし、それは霞の知っている過去ではなかった。

つまり、過去改変。

どこかの霞が、霞の今を壊そうとして、ビジョンを発動させている。

そのビジョンが、霞の手鏡を通じて映し出されていた。

「霞? 何かのビジョンを視ているのか?」

「ええ」霞が嫌そうな顔をした。「ただし、今ここにいる私以外の私がね」

ビジョンが、発動したのだ。


参列者が誰もいない式場の中、それでも華やかな、真っ白のタキシードを着込んだ邦彦が、これも純白のウェディングドレスを纏った霞の手を取り、式場の真ん中を、静々と進んでいく。

正確には、新婦は霞かどうかわからない。細かい刺繍が施されたマリアヴェールを付けているため、新婦の顔は見えなかった。

「へえ……」

不意に、他人の声がしたので驚いた。

ビジョンが発動したというのに、邦彦がその場にいるのだ。

「あなた！」

「へえ、これが霞のビジョンってやつか。はじめて見たなあ」

「なんで、私のビジョンの中に、あなたが……」

「何でも何も、これは俺の記憶でもあるんだぜ？　見ることができて当たり前だと思うんだが」

そう言って邦彦が式場の前方へ行き、バージンロードを歩く、過去の自分を前から見る。

当たり前の事だが、ビジョン中に相手を見ても、相手は反応しない。過去か、未来の、あくまでも映像《ビジョン》でしかないからだ。自分を見た邦彦が、如何にも気まずそうな顔をする。

「どうしたの」

「いや……、がっちがちに緊張しまくってるなと」

「当たり前じゃない」

霞が、今更何を言うのか、という表情になる。

「指輪を嵌める時、あなた緊張して、間違えて何度も中指に嵌めそうになったのよ。あれは、お客さんを招いてたら、失笑以外の何物でもなかったわ」

「まあ、実際には誰も招かなかっ
「そうは言っても……」

何か言いかけた邦彦の言葉が、途中で消えた。

振り返ってみると、邦彦が消えていた。客を招いていない式場をすぐに見回したが、どこにもいない。姿が、消えていた。

「……？」

不審に思いつつ前方を見ると、新郎新婦が神父の言葉に従い、誓いの言葉を述べるシーンだった。

「あ……」

霞の相手が、邦彦ではなかった。

また、交換する指輪も、邦彦が贈った銀の指輪ではなく、エメラルドがついた金製の指輪だった。

「あれは」

一目見て、指輪を交換しようとしている相手が誰かわかった。

霞が書店員をしていた時に、告白してきた、同僚の坂口だった。

付き合ってくれと言われたが、その時の霞は、異性と付き合う気がなかったので、

「別に、あなたの事を嫌いなわけではないけれど……」

と、控えめな口調で断ったのだった。彼はその後、書店を辞めてしまった。交際を断られた相手と同じ職場で働くのが嫌だったのだろうと、霞は思っていた。

その坂口と自分が、結婚しようとしている。

あの趣味の悪い指輪を、嵌めようとしている。

「――待って！」

これは、違う。

こんなのは、嘘だ。

私が結婚したのは邦彦で、贈られたのは銀の指輪だ。

何より、これでは。

「――ヤスヒコが、生まれなくなってしまう！」

「――だから、そんな子は、私は産まなかったのよ」

花嫁が、ヴェールを脱いだ。

それはまさに、霞だった。

ただし、現在の霞よりも、もう少しだけ年をとっているようだった。

「あなたは……」

「今、ビジョンで視て、わかったわ」

花嫁の霞が、霞の手鏡と、まったく同じ手鏡を取り出して、霞に見せる。

「そう、私は今から七年後に、この鏡を割るのね」

「……どうして、私のビジョンなのに、あなたから、私が見えて、話せるの？」

「何を言っているの？　これは私のビジョン。過去のあなたが、私のビジョンに入り込んできて、話しているのよ」

「え……？」

「その証拠に、見なさい」顎《あご》だけで周囲を見るように示した。

花嫁の霞が、くいと顎だけで周囲を見るように示した。

時が、止まっていた。

坂口も、神父も、誰もが動きを止めていた。

——誰もが？

自分で思った事に、霞は違和感を覚えた。

見回してみると、先程まで誰もいなかった式場に、着飾った客が、式場に入りきらないほど大勢いた。

「……!?」

霞は、目の前の光景が信じられなかった。違う。

自分たちの結婚式には、客は招かなかったはずなのに。

「それでは、誰に祝福されるって言うの？」花嫁の霞が言う。「ビジョンは、未来予知。未来を視ている時に、『時』というものは存在しなくなる。つまり、現在は停止する」

「あなたは」霞が、途切れ途切れに言う。「今、は……」

「今は、一九九五年。私は、二十九歳よ」

『今』は、一九九二年よ！」

「それは、あなたの『今』。私の今は、ここなのよ。ここでしかないの」

「今、は……」

過去ではないのだ。

このビジョンは、未来のビジョン。

「邦彦と……離婚したの？」

「離婚も何も、私は、これが初めての結婚」

「じゃあ、邦彦はどうしたの⁉」

霞が怒気を込めてそう言うと、花嫁姿の霞は、鼻で笑ったようだった。

「私は、邦彦に抱かれなかった」自慢するように言う。「あなたのようにふしだらな事は、しなかったのよ」

「……坂口さんとはする癖に？　一度自分が振った相手に、どうやって取り入ったのよ‼」

皮肉っぽい口調で、霞は罵った。

まさか自分が坂口を振った過去までは、変わっていないだろうと思ったからだ。

そして、その通りだった。その過去自体は変わっていなかった。

「そうね」花嫁の霞も認めた。「未来が視える私でも、三十手前になれば、焦りもするわ」

「妥協で結婚する女に、文句を言われる筋合いはない！」

「それでも、しょうがないじゃない」

花嫁姿の霞が、リングピローに載せられた、黄金の指輪を手に取る。

その指輪を見る目つきで、霞は、花嫁の霞が、その指輪に対してどう思っているのか、わかってしまった。何分にも、自分の事だからだ。

「……これ？」花嫁姿の霞が、指輪を掲げる。「あなたの想像どおり、私は気に入ってないわ。でも、三百万円もしたって言うし」

「値段の問題じゃないでしょう！」

そして、霞はおもむろに、自身の結婚指輪を引き抜き、花嫁に見せつけた。

「……これよ！あなたが嵌めるべき指輪は、邦彦から贈られた銀の指輪！」

花嫁姿の霞が、動きを止めた。

銀の指輪に、見入っているようだった。

一度だけ、今から自分が嵌めようとする黄金の指輪と見比べてから、花嫁は結論を出した。

「そうね」頷く。「その指輪だけは認める。仮に二人の男性から求婚されて、どちらにするか悩んで、男性が用意する指輪の趣味で決めようと思ったら、私はその銀の指輪を出してきた方にする。これは、間違いないわね」

ここまでは認めたが、しかし最後の一点だけは、頑として譲らなかった。

「ただし、相手が邦彦の場合は例外」

「……」

「間違っているのは、あなたの方」

なぜか、霞は何も言い返さなかった。

どこで狂ったのだろう、と霞は思った。

二十七年間生きてきて、たった一人の子供を産み、けれどその子は、生まれてすぐに死の運命に巻き込まれ、亡くなってしまう。

そのビジョンを、もう何度も見ている。

そして今のビジョンでは。

「あなた、一九九二年なら、二十七歳ね。……諦めなさい。その子の事は」

「……諦める？」

「まだ、やり直せる。邦彦と別れて、その子をきちんと弔ったら、坂口さんと結婚しなさい」

「そんなの」

「ありえない事をしているから、ありえない事が起こるのよ？」

「……あなたは」

霞は、既に十年後のビジョンを見ている。

自分より三年後の、この女が、十年後の、その女になるのを知っている。

だから、言ってやった。

「坂口さんとの間に……子供を二人産むの。男の子と、女の子」

「あら」

意外にも、花嫁の霞は、本当に嬉しそうな声を出した。

「ちょうどよかったわ。子供はほしいけど、育児は二人ぐらいが限界だと思っていたから」

「でも、その子は」

確かに、可愛い子供たちだった。それは認める。

あの二人の親になれるのなら、悪くはないと、結婚している霞でも思う。

けれどその二人は、ヤスヒコではないのだ。

ヤスヒコには、なりえないのだ。

「私が産んだのは……ヤスヒコだ！」

霞はもう一度銀の指輪を、薬指に嵌める。

そして、全身の力を振り絞り、右手で指輪を押さえつけた。

いや、指輪を変形させている。

銀の指輪が、いびつに歪んでしまった。

そんな様子を、花嫁の霞が呆然として見ていた。

やがて、完全に変形してしまって、もう外せない銀の指輪を、霞は花嫁姿の霞に見せつけた。

「どうだ！」

誇らしげに。

「これなら、私の薬指を斬らない限り、この指輪は外せない！」

花嫁はしばし愕然としていたが、突然、はっと何かに気づき、慌てて袖をまくって自らの薬指を見やった。

そこには、変形した銀の指輪が嵌っていた。

「馬鹿な……」

呟いた後、何とかして変形した銀の指輪を外そうとするが、指に食いこんでしまったそれは外そうと思っても、簡単に外せるものではない。

囚われて、しまう。

縛られて、しまった。

花嫁姿の霞が、憎しみの表情で霞を見る。

「何て、愚かな……！」

「あはははははっ！」

霞は、笑い出した。

滑稽で、ならなかった。

「ざまあみろ！　ヤスヒコを産まなかったからよ！」

ビジョンは、そこで途切れた。

「──っ！」

霞は、大理石の床に突っ伏していた。

いつものように、汗をぐっしょりとかいていた。

横から、待ちかねたかのようにタオルが差し出される。

「霞」

邦彦だった。

「何が起こったんだ？　俺、途中でお前のビジョンから弾き出されたんだが」

そこはまだ式場の中だった。花嫁もいなければ、趣味の悪い指輪もなく、結婚を祝ってくれる客もいない。

誰もいない。霞と邦彦の、二人だけ。

邦彦には答えず、霞は、先程、花嫁の霞からされた質問を思い出していた。

『それでは、誰に祝福されるって言うの？』

それは、わかっている。

親はもちろんの事、神様にさえ祝福されないのは、わかっている。

けれども、このお腹に宿った命を無視する事は、霞には、どうしてもできなかったし、したくなかった。

こうして産まれたのだから、たとえ待っているのが死の運命だとしても、それに抗おうとするのは、親の使命だと思っている。

「邦彦……」

夫を見て、誇らしげに、霞は笑った。

左手を差し出す。

「ごめん……指輪、少し曲げちゃった」

「曲げ、え、……何だこりゃ」

いびつな形になった自分が贈った指輪を見て、邦彦が素っ頓狂な声をあげた。

「銀を、どうやったら、こんなふうに」

「まあ、後で詳しく話すけれど、一言だけ……」

霞は、指輪を愛しげに見つめた。

「要は、妥協女に止めを刺してきたのよ」

その視線が、妙に色っぽかった。

4　現在②

こうなっては、仕方がない。

結婚式まで遡って改竄されるというなら、さらに遡るしかない。

場所は千秋夫妻のマンションの部屋。夕飯を食べながら、霞と邦彦は話し合っていた。

あれから式場を辞し、県立病院のヤスヒコを見舞った。

「ちょうどよかった。今はちょうど、熱が下がってきたところです」

そう赤木先生が語った。

「しかし、あれからまた発熱しまして、看護婦が三人がかりで熱を冷まさせたんです」

「というと、原因がわかったんですか?」

邦彦が嬉しそうに言う横で、霞は少しも笑わなかった。

ビジョンで、知っていたからだ。

邦彦は当然、病名がわかったと思っている。だから、解熱剤で熱を下げる事ができたと思いたがっていた。だが実際は違った。無慈悲に、赤木が首を振る。

「残念ながら……、病名と発熱の原因がわかったわけではありません。氷と保冷剤で、無理矢理熱を下げたんです」

邦彦が、がっくりとうなだれた。

「それでは、今後も……？」

「ええ、発熱の可能性は残されています。これで治ったなどとは、口が裂けても言えない状態です」

「赤木先生」

ここで初めて、霞が口を開いた。

悲壮な声だった。

「お願いします。どうか」頭を下げる霞。「ヤスヒコを、救ってください」

赤木が、霞の手を取り、ぎゅっと握りしめる。

「ええ、必ず」

と、赤木は返した。

嘘つき、とは、霞は思わなかった。

夕飯は、疲れて料理をする気分になれなかったので、近所の蕎麦屋から出前を取った。

ビジョンの中で起こった事を話しながら、霞はせいろを一枚、邦彦は鴨せいろを、食べ終わった。

同時に、霞の話も終わった。

「坂口さんて人は、俺も見た事がある」

邦彦が、食後の茶を飲みながら言った。

「お前より前からあの書店でバイトしてた人だろ？」

「そう、私の方が後から入った」

「俺より背が高くて、眼鏡を掛けてて、俺よりちょっとだけ男前で、俺より背の高い人だろ？」

「……別に、身長であんたを選んだわけじゃないわよ」

僻《ひが》んだように邦彦が言うので、霞は少しだけ呆れた態度を作った。

「つまり、俺と結婚しなかったら、お前は坂口さんと結婚するはずだった……」

「しないけどね」

「だがお前は、指輪を変形させる事で、その『未来』を潰した」邦彦が緑茶を啜る。「…

…そうなると、どうなるんだ？　お前、十年後のビジョンを視ていたって言ったよな？」

「まあ、現実的に考えれば、指輪を外す方法はいくらでもあるから、あのまま坂口さんと結婚する流れには、なると思うけど」

考え始めて、霞は、思わずくすくすと、笑い出してしまった。

「どうなるの、かしらね？　結婚式の真っ最中に、まさにこれから指輪交換というときに、妻になる女性の今まで何もなかった薬指に、いきなり見た事もない指輪が嵌っていたとすれば」

「誓いの言葉を受けたら、キスして、指輪を交換するしかないもんな」と、邦彦も言った。

「ああ、清々した」

身体に疲労が溜まっているのを感じた霞は、思い切り背筋を伸ばした。

「……でも、わかったのは、結婚する前に『原因』があるって事だけね」

「よし」

邦彦が頷いて、立ち上がった。棚の前に行き、メモ帳とペンを出してくる。

「何？」

「時間の流れというか……年表みたいなのを作ろうと思ってさ」

ペンのキャップを抜く邦彦。

「正直、表にして纏めないと、気味が悪いというか、よくわからないんだよ」

できあがった年表は、以下のようになった。

	邦彦	霞
一九六五年	誕生	誕生
一九六八年	多分、知り合ったのはこのぐらい。	
一九七一年	O小学校入学	O小学校入学
一九七六年	O小学校卒業	O小学校卒業
一九七七年	O中学校入学	O中学校入学
一九七九年	O中学卒業	O中学卒業
一九八〇年	県立商業高校入学	県立S女子高入学

一九八二年		子供を産むビジョン？
一九八三年	商業高校卒業	S女子高卒業
一九八四年	D商事入社	無職
一九九〇年		書店のバイト
一九九二年	結婚	結婚
一九九二年	第一子誕生	第一子誕生
一九九二年秋		結婚指輪を壊す
一九九五年		坂口と結婚？
二〇〇二年？		手鏡を壊す？

「……こんな感じでいいのか？」

邦彦が簡単に書いた年表を受け取って、霞はうんと頷いた。

「だいたい、こういう感じね」

霞が、表の『結婚』と書かれた箇所に、×印を付けた。

「しかし、結婚式が『原因』じゃないとしたら、他に何があるって言うんだ？」

首を傾げる邦彦に、霞は、黙って曲がってしまった薬指の指輪を見せた。

「？」

わけがわからないでいる夫に、霞は答えを言った。

「あなたが、初めてこの指輪をくれたのは、いつ？」

「あ……そうか、プロポーズした時！」

「薩埵峠ね。明日、行ってみましょう」

疲れていた二人は、その結論を出すと、どちらともなく布団を敷き、明かりを消してしまった。

しばらくして、邦彦が霞の布団に手を伸ばしてきたが、霞はその手を振り払った。

「……おい」

夫が、不満げな声を出しても、霞は無言だった。

ただ、完全に無視をするのも大人気ないと思ったのか、暗闇の中、霞が邦彦の方を向いて言った。

「……自分の子供が、高熱に苦しんでいるかもしれない時に、どうしたらそんな気になるの？」

「生理現象なんだよ。仕方がないだろ？」

「大人なら、そんな言い訳をしないものよ」

そう吐き捨てると、霞は頭の向きを変え、邦彦の反対側を向いてしまった。

どうあれ、霞には、今、男性の相手をする気はなかった。

だが、しばらくすると、邦彦が小声で相談を持ちかけてきた。

「……実際のところ、どうする？」

霞は、無言で答えなかった。

「おい、起きてるんだろう？　お前はそんな寝つきがいい方じゃないから」

霞は無言を貫いた。

「いなくなったら、どうするか、決めておかないと」

意地でも、答えなかった。

「葬式をやるのは確かだが、その後はどうするか、決めないと」

「……何が」

仕方なく、振り向かずに霞は答えた。

邦彦の言いたい事はわかっていたつもりだが、顔を見ると殴りそうになってしまうので、霞は顔をそむけたままで言った。

「二番目の、子供の事だよ。産むのか、産まないのか」

「……」

「なあ」

しびれをきらした霞はとうとう振り向いて、邦彦の目を見て言った。

「今は、今の事だけ、考えましょう」

「だが……」

「後の事はそれから。ねえ、これで最後よ。私、寝るからね」

「わかった……」

長い付き合いである邦彦も霞の声を聞いて、それが本気のものである事を悟り、大人しく就寝した。

しかし、言った本人である霞は逆になかなか寝付けなかった。

自分で言った台詞が、自分で気になったからである。

今は、今。

現在は、現在。

この世に存在する、誰もがこのルールを遵守している。

誰にとっても、今は、今、見ている、感じている、今でしかない。

諺《ことわざ》にもあるではないか。来年の事を言うと鬼が笑う、と。

では、『未来』の事を考えるのは、悪い事なのだろうか？

邦彦が作った年表を見たせいだろう。霞は布団の中で、その考えに支配されてしまっていた。

花嫁の霞にとって、一九九五年が『今』だった。

今から三年後が、今だった。

では『今』とは、どこだ？

「……くにひこ」

そっと、夫の名前を小声で呼んでみるが、返事はなかった。鼾《いびき》も聞こえたので、彼は完全に眠りに入ったのだろう。

霞は起き出して、居間に入り、電気を点けた。

水を一杯だけ飲んでから、漢和辞典を取り出し、『今』を調べてみる事にした。

『今』

「𠆢」は、おおいや屋根の形。「一」は、ある物を示す。この二つを合わせて、おおいをかぶせて、中に物をかくすようすをあらわす。「陰」の原字。この字を借りて、「いま」の意味に使う。（角川最新漢和辞典　新版）

と、あった。

「物をかくす、ようす……」

この時、霞が布団の中にいれば、気がついたかもしれないが、今は明かりをつけてしまっているので、霞は見逃してしまった。

霞の手鏡がほのかに発光していたのだが、霞は辞書に夢中で、気がつかなかった。

すなわち、過去か未来の霞が、手鏡を通じて、何らかのメッセージを誰かに送っていたのだが、霞はそれを見抜けなかった。

この時、誰が誰に向けて、何を言ったのかは、明日の昼に判明する。

再び、霞の思考に戻ると……。

ものをかくす、事がなぜ、『今』となるのだろうか？

もの、とは何か？

「ああ……、そうか」

ものが失われれば、当然、そこには無い。

ものがあれば、失われる可能性がある。

だから、隠す。

遮断、する。

流れを遮る事自体が『今』となるのだろう。

流れるものが、『止まら』ないと今というポイントにならないのだ。

「そうか、隠す事が……」

今、は、誰にとっても、今、なのだ。

今、が陰の原字である事も、頷けた。何かを何かで遮断すれば、そこに陰ができて当然だからだ。

つまり、現在というのは無いのだ。

未来と、その反対である過去があるだけで、『現在』という時間は、存在しないのだ。

なので、『今は、今の事だけ』と考えた自分が、霞には、意気地が無いように思えたのだった。

今は今の事だけ、というのは、つまり、

「停滞していようって、考えた事なんだ……」

前に、進まない。

今は、この時だけ。

もう一度、霞は水を飲んだ。喉を流れていく水のイメージが、時の流れを霞に連想させた。

子供の頃、折鶴を作って、興津川に流した思い出がある。川を流れてゆく折鶴は、とある時点で霞の視界から消えてしまった。

今、消えた。

今、無くなった。

無くなる事が、今、なのだろう。

全体を俯瞰してみた時『ここは、ここより前』『ここは、ここより後ろ』はあっても、『では、ここは何か？』の、何か？　に答えなど無い。

別の所と比べて『ここよりは』あるいは『ここと比べれば』はあっても、ここ、の箇所に、意味などない。

現在、という時間は、無いのだ。

無いから、現在がある。

「でも、そうなるのなら……」

未来が視える自分にとって、『今』とは何だ？

私は、いつの『今』でも、視えてしまう。

どの私が正解で、
どの私も、間違いになる。

連続していない。

どこにも、繋がらない。

ならば、『最初』とはどこだ?

いつしか霞は、そのままテーブルに突っ伏して、寝てしまった。

朝になってその事に霞が気づいた時、彼女の肩には毛布が掛けられていた。


有名な東海道五十三次にも描かれた薩埵峠に興津側から行くには、まず興津の町を北へ向かい、興津側を抜け、山道に入る。後は標識に従っていけば、徒歩でもそれほど時間がかからず峠に辿り着く。晴れていれば富士山が見えるので、絶好の観光スポットとなるのだが、生憎その日は曇りだった。だが、霞と邦彦が峠に辿り着いた時も、僅かだが駐車場に何台か車が止まっていたし、歩いて名跡を巡ろうとする観光客もいた。

ビジョンで視た、ヤスヒコの死ぬ日まで、あと六日。

霞は手鏡を手に、決意を新たにする。

絶対に救ってみせる。

我が子を、死の運命に巻き込んだ原因を探し当て、過去を変える。

峠に横向きになって生えている樹木の、木漏れ日の下で、邦彦が言った。

「……この辺りだったか？　プロポーズしたの」

「そうね」霞は頷いた。「でも、どうしてこんな場所を選んだの？」

そう尋ねると、邦彦は急にばつが悪そうな顔をして、霞の視線から逃れた。

「……いや、だから、家の中だと雰囲気出ないだろ？　かといって静岡に出て、どこか有名な店でディナーでプロポーズ、というのもありきたりだし、第一お前、外で食事するの嫌いだしな。じゃあ、って考えたら、清水《きよみず》の舞台から飛び降りる的な発想で、高い所の方がいいんじゃないかと思って、ほら、踏ん切りがつくから」

「ここから飛び降りても……」

霞が、峠から身を乗り出して下を覗くが、樹木ばかりで、高速道路以外は何も見えなかった。

「斜面だから、別に死なないと思うけど」

「だから、開けた場所に来ると、男は勇気が出るんだよ。舞台の上にいる気がするから」

「そんなものかしら……」

答えつつ、霞は油断無く、辺りを窺っていた。

どこかに自分たちの記憶と、違うところはないか。

改変されてしまった過去はないか。

そしてなぜ、時という流れは、自分と邦彦の息子を否定するのか。

答えは、どこにあるのだろう。

じゃり、と霞の靴が、金属的なものを踏んだ音を立てた。

靴をどかしてみると、木の根元の間に、何かが挟まっている。かなり、小さなものだ。

「これは……」

ゴミかと思い、何気なくそれを拾い上げ、泥と紅葉した葉っぱを散らすと、霞はぞっとした。

それは指輪だった。

昨日、彼女が否定した指輪だった。

黄金の、エメラルドの指輪。

「おい、それ……」

「坂口さんの指輪……」

霞も、呆然として呟いた。

そして、また過去が変わる。

霞の手鏡が、発光し始めた。

鏡を手に取り、ビジョンを眺める。

発動した。

まるで、映画を見ているようだった。

モノクロの、色あせた記憶。

それほど昔の事ではないから、一九九二年と特に景観は変わらないが、やはりどこか、異物が混じり込んでしまったような拒否感を覚える。

「やっぱり、いる……」

霞は当然のような顔でビジョンの中にいる夫を眺めて言った。

「だって、結婚式の時と同じ流れなら、俺がここにいて当然だろ？　これからプロポーズのシーンなんだから」

そう、結婚式の時と同じなら、『この時』の霞が受ける邦彦からのプロポーズを、別の霞が妨害するはずなのである。

「……あれ？」

邦彦が、自分の腕時計を見て、変な声を出した。

「どうしたの？」

「いや……俺たち、あ、このビジョンの中じゃなくて、現実の方な。峠に着いた時、まだ昼前だったよな？　十一時半ぐらいだったよな？」

「そうね、それが？」

「こうなっている」

邦彦が、自分の腕時計を霞に見せた。

針は、『現在時刻』が、午後三時である事を示していた。

霞たちが薩埵峠に来てから、三時間も経過してはいないはず。

「時が、飛んでる？」

「いや、待て」邦彦が何かを思いついた様子で考え込む。「……そうだ、確かにそうだ、同じ時刻だった！」

「何が？」

「お前にプロポーズした時間だよ！　そんで俺、その時もこれと同じ時計をしてた！」

そうだった。確かにプロポーズの時も、邦彦は同じ時計をしていた。彼の愛用の品なので、霞も知っていたのだ。

「それは、つまり『今』は……」

「そう、午後三時なんだ」邦彦が言う。「……そういう事か！　同じものであれば、同じように干渉するんだ」

「……なるほど」

今まで何度となくビジョンを使ってきた霞だが、初めて気がついた。

「……という事は、そろそろ、俺とお前がやってくる時間か」

「そうだけど」

霞が、夫の腕を取った。

「いい？　結婚式の時と同じ流れなら、私とあなたが結婚する事を気に食わないと思っている別の時間軸の私が、必ず邪魔をしに現れる。そうなったら、たぶんあなたはビジョンから弾き出されちゃうから……」

「わかってる」

邦彦も、妻の手を握り返した。それから、やや言いにくそうに告げた。

「なあ……実は、昨日のうちに思いついていたんだけど、あまりに物騒だから言わなかったんだが……」

「何？」

「別の時間軸のお前が、どうしても俺とじゃなく、別の人と結婚するとすれば……前回は坂口さんだったが、その人を現実に戻って殺してしまえば、別の未来が展開する事にはならないんじゃないか？」

霞は、何も言えなかった。

驚いたわけではなく、あの花嫁の霞が『今は一九九五年』と言った時に、思いついた考えと同じだったからだ。

未来の改竄ならば、過去に当たる現在で該当の人物を殺してしまえば、その人と展開する未来は無くなる。

今現在、坂口がどこに住み、何の職業に就いているのかは不明だが、探し当てる事自体はできるだろう。

だから……、

「いえ、無理よ」霞は首を振った。「あの時は、未来だった。だから、手っ取り早く指輪を壊して、未来の私に繋げる事ができたけれど、今回は過去だもの。むしろ、これから来る『私』が、現在の私に影響を及ぼす形になるんだから」

話しながら、霞自身、変な事を言ったと思った。

これから来る私が、現在の自分に影響を及ぼす。

つまり、過去の霞と、現在の霞が、一つになる。

はっとして、霞は自身の左手の薬指を見た。

変わって、いない。

霞の薬指にあるのは、まだ邦彦から贈られた銀の指輪だった。

「ねえ、あなた」

「うん？」

「この指輪の由来を聞いてなかったけれど、どこの店で買ったの？」

「ああ、それな」

なぜか、邦彦は少しまごついた様子だった。

「んー、実はちょっと、言いにくい事情があってな。店で買ったんじゃないんだよ」

「じゃあ、どこで？」

「それは……」

邦彦が言い終わらないうちに、過去の霞と邦彦が現れた。

ただし、もう一人。

坂口もいた。

「え……？」

「え、何で？」

しかも過去の霞が、腕を組んでいるのは、邦彦ではなく坂口だった。

そして、過去の邦彦は、その二人の後ろを歩いていた。

坂口が言う。

『いや、本当に邦彦に紹介してもらえてよかったよ』

これを受けて、過去の邦彦が言う。

『何言ってるんだ。大親友のお前のためなら、何だってするさ』

「どういうこと？」

霞が、邦彦を見た。

「知らない」邦彦は恐ろしげに首を振る。「俺、坂口さんの事は知っていても、口を利いたことなんて無いぞ。親友なんて、馬鹿な……」

邦彦が、頭を抱えうずくまった。

「あれ？　いや……、ちが、あれ？　だって……さかぐち……坂口、きよし、さんは、俺の……あれ？」

「邦彦？」

「何だ、記憶が……」

そして、時が止まる。

過去の霞が、現在の霞を見て、にやりと笑った。

「あなた……！」

「一歩、遅かったわね」

過去の霞の左手の薬指には、既に銀色の指輪が嵌められていた。

「じゃあ、あなた……？」

邦彦と、結婚したのか。

違う、と過去の霞が言う。

「はじめまして、千秋霞さん。私は坂口霞よ」

5 過去②

霞は、すぐさま自身の左手薬指を見た。

「……直って、る！」

昨日、霞が全身の力をふりしぼって、形をいびつにしたはずの指輪が、きちんと元の形状に戻っていた。

「どうやら、あなたは気づかなかったようね」過去の霞が言う。「数日前に、十年後の私からのビジョンを見たのよ。あなたは、近い将来に邦彦に襲われる事になる。それが嫌なら、坂口という人が告白してきた時、断らずに受けなさいと。そして、坂口に『この指輪を用意して』と頼みなさい、ってね」

そう言って過去の霞が見せてきた指輪は、紛れもなく邦彦が霞に贈ったものだった。

「な、んで……」呆然としながら、霞は言う。「なんで十年後の私が、その指輪の事を知っているのよ！」

「あら私、十年後の私から、三年前の私、つまり、あなたにこの指輪の存在を確定させられたと聞いたんだけど？」

「……っ⁉」

そういう事か。

霞があのとき指輪を壊したから、三年後、一九九五年の霞の薬指に指輪が発生してしまった。その指輪を、何とかして外した霞が、過去の霞に見せたのだ。そして、同じものを用意させた。

「この指輪の出所は、邦彦しか知らない。だから私は、坂口さんに自分から告白して、邦彦と坂口さんを仲良くさせて、私自身は、坂口さんと結婚したの」

「……そんな」

霞は、うなだれた。

過去が変えられてしまった。

いびつに歪められてしまった。

過去の霞が邪悪に笑う。

「大丈夫……私、もう妊娠しているから、このビジョンが終わって、あなたが、あなたの現実に戻れば、そこには可愛い赤ちゃんがいるわ」

男の子か女の子かどうかは知らないけれど、と過去の霞は語った。

霞は、無言のまま怒り狂っていた。

ふざけるな。

私から、ヤスヒコを、奪っただと？

なぜ、ヤスヒコでは駄目なのだ。なぜ、何をどうやっても、私がヤスヒコを産んだ事を時は否定するのだ？

「思い……だした」

邦彦が、呻くように言う。

「あの指輪は……『俺の友達の』『坂口さんから頼まれて』『高校時代の友達の、彫刻師に』『格安で』『頼んで』『坂口さんに』『渡し』た、んだ……？」

「違う！」霞が叫んで、夫の腕を取る。「そうやって今、記憶が捏造されただけよ！　邦彦、あなたは私の夫でしょ？」

「だ、だが、霞」邦彦が左手を挙げる。「俺の薬指には、指輪なんて、もう……」

霞は、ぎょっとした。

邦彦の薬指に嵌められていたはずの銀の指輪が、薄れている。

存在が希薄になり、摑む事ができなさそうに、消えかかっている。

「お、夫……？」邦彦の目が、疑念に染まる。「お、俺が……お前の、夫？　お前と、霞と俺が、結婚したって……？　どうやって……？」

霞が、すっと立ち上がり、邦彦の頬を手で張った。

パン、という小気味いい音が響いた。

「しっかりしてよ千秋邦彦！　あなたと私の間にしか、私たちのヤスヒコが生まれないのよ！」

「おぞましい」

過去の霞がそう吐き捨てる。

「何を馬鹿な事を言っているの？　三年後にいたかもしれない私。私と邦彦が、なぜ夫婦にならなければいけないの？」

「そうしないとヤスヒコが産まれないのよ！」

「だから、代わりの子はもう、ここにいるわ」

過去の霞が、自らの腹をさする。

「そうね、ここまでやったあなたに敬意を表して、もし男の子だったら、『ヤスヒコ』と名づけてもいい。千秋ヤスヒコじゃなくて、坂口ヤスヒコになるけれど」

「この……！」

霞はもう、何も考えていなかった。

ただただ、愚かな選択をした過去の霞が、憎くてしょうがなかった。

何も考えずに飛びかかったが、当然、霞の身体は、過去の霞の身体をすりぬけてしまう。

「知っているでしょうに、未来にいたかもしれない私……。これはビジョン。ただの映像に過ぎない……触れる事は、できないのよ」

「間違った事をしようとしている人間を止めて、何が悪いのよ！」

霞が吼えると、過去の霞は、その霞の視線を受け止めて、真摯な視線でもって、応対した。

「私から見れば、間違っているのはあなたの方」過去の霞が嘲笑う。「何が不満なの？　あなたの代わりに、私が産んであげようと言うのよ？　しかも、時間から見て、あなたが産むのより、私の方が早く産む事になるわ。つまり、あなたには出産の記憶が上書きされるから、『痛い思い』だけは残るけれど、それはあくまでも記憶でしかない。実際に痛い思いをするのは私」

哀れみの視線でもって、過去の霞は、霞を見下しながら話し続ける。

「現実に戻れば、あなたには裕福な旦那様と、可愛い赤ん坊が待っている。これの何が不満だと言うの？」

「それでは、駄目なのよ……」

過去の私は、視ていない。

あのビジョンを、視ていない。

九二年の『夏』に起こる、あの現象を見ていない。

複数の、ヤスヒコを。

「私と、邦彦の間に生まれたヤスヒコでなければ、あのビジョンは成立しないのよ……！」

「……何の事を言っているのかわからないけれど、とにかくこれで、あなたたちの企みはもう失敗。過去の私がこちらを選択した以上、未来の私にはもうどうにもならないわ」

過去の霞が、現在の霞を、否定する。

そして、時が繋がっている以上、霞がこのビジョンを出てしまえば、それが現実となる。

つまり、ヤスヒコは生まれなかったという現実に戻されてしまう。

「何で、誰も彼も、ヤスヒコを否定するの……？」

その時、手鏡が光りだした。

過去の霞が持っている鏡と、現在の霞が持っている鏡。二つが同時にである。

「……？」

二人の霞が、驚いた。

そこには、現在の霞、二十七歳の霞が、映し出されていた。

「あなたは……」

『千秋霞、ね？』

「え、ええ……」

『そしてそっちのあなたは、坂口霞』

「そうだけど」

過去の霞が、新たに現れた霞に、問いかける。

「じゃあ、あなたは誰なの？」

『私は坂口霞よ。ただし、あなたから一年後の霞。一九九二年の、秋から来たのよ』

一年後の霞が、現在の霞に向かって言った。

『ごめんなさい、未来の私。あなたの選択の方が正しかったの。だから、一年前の私、今すぐ坂口さんと別れて、邦彦と夫婦になりなさい』

『……？』

二人の霞は、同時に驚愕した。

「何でよ！」過去の霞が、強く反発した。「この、未来の私は間違っている事をしているのよ！　私がそれを修正したのに、何でもう一度、蒸し返さなきゃならないのよ！」

『未来の、私』過去の霞が言う事を無視して、一年後の霞が言う。『いえ、過去はもう変わってしまったのだから、ＩＦの私、と言った方が正確かもしれないわね。とにかく、そっちの二人のうち、老けている方の私』

「ちょ、ちょっと待って。『ここ』から一年後の私なら、私と同い年だと思うんだけど」

『まあ、そうなんだけど、とにかく、あなたの子供の名前は、「ヤスヒコ」と言うのね？』

「え、ええ……」

『……やっぱり、そうか』

そして、一年後の霞。現在の霞から見れば、彼女こそ、ＩＦの霞が、驚くべき事を告げる。

『手短に言うわね。過去の私、私が産むのは女の子で、名前は……ああそれはどうでもいいか。とにかく、女の子を産むんだけど、で、私だからわかっていると思うけれど、私は書店に勤めているのよね。それで』

「ちょっと待って」現在の霞が話をさえぎる。「私は過去改変の影響で、書店には勤めていない事になっているはずなんだけど」

『そっちは知らないわ。どこか別の因果で、何らかの影響を受けたのだと思う』一年後の霞が言う。『未来の私、あなたがヤスヒコを産んだのはどの季節？』

「秋、だけど」

『やっぱりね……』一年後の霞が、うんざりした顔になった。『季節が一つずれたんだ。だからか……』

「何を言っているの？　というか、何が言いたいのよ」

過去の霞が、意気込んで言う。

『えっとね、一年前の私、私の記憶だと、あなたは未来の私から逃れるために、邦彦と結婚した私を欺くために、自分から坂口さんと付き合って、妊娠したのよね？』

「そうよ、それが？」

『それがまずかったの。坂口さんがどうとかじゃない。時期が一つずれたの。そのせいで、何もかもが台無しになってしまったの』

「それが……？」

「もう、結論から言いなさいよ。一体、何が起こったの？」

『結論から言うと、とんでもない事になるから、一応、私なりに頑張って説明しているんだけど』一年後の霞は、なぜかすごく困った様子だった。『私、今大変な状況なの。私だけじゃなくて興津の人たちは皆そうだけど……。ある事が起こって、私は鏡を一時、手放してしまっていたの。だから、連絡するのがそれだけ遅くなってしまった』

霞にしては、要領を得ない喋り方だった。

まるで、一年で人が変わったようだった。

それは、現在の霞と、この一年後の霞では、すごした一年がどれだけ違うものなのかを物語っていた。

『一年前の私は、どうせいずれ体験することだから、説明するまでもないし、未来の私には、私が何をどうしなくても、ビジョンから出たら体験する事だから、やっぱり言う必要はないんだけど』

「まどろっこしい、要点だけ言ってよ」

過去の霞がそう促すと、

『……じゃあ、要点だけ言うわね』

ふうと、一度息を吐いた霞は、疲れた声でとんでもない事を言い出した。

『私は、夏に女の子を産むの』

「それが？」

『夏に、保彦という少年に出会うの』

「……それって」

『そして、とあるビジョンを視るんだけど、結果として大変な事になってしまったの』

「大変な事？」

『最終的に、興津で大地震が起こって、町が壊滅してしまったの』

「……は⁉」

ここからは、彼女……坂口霞の視点で語った方がいいだろう。

6　未来②

坂口清と結婚した霞は、姓が坂口となり、フルネームで坂口霞となった。

坂口は大学時代に書店でアルバイトをしており、バイト仲間だった霞に告白されて付き合い始めた。坂口が大学卒業後、教員として地元の中学校に採用されると同時に二人は結婚し、霞が千秋霞だった頃、夫が邦彦だった頃と比べると、興津の少し北の方へ行った場所でマンションを借り、二人は新婚生活を送るようになった。

やがて、霞の妊娠が発覚し、彼女は夏に子供を産んだ。女の子だった。名前は、夫の清から『清』の字を、妻の霞から『か』を取り、合わせて『清華』となった。

邦彦と違い、坂口の両親は健在だったから、霞は再び働けるようになると、産んだ子を義理の両親に預ける事が多くなった。また彼らも、孫を預けられる事が嬉しくてたまらないらしく、嬉々として迎え入れてくれた。

一九九二年、夏。

日付は、七月二十日以降。

霞がバイトをしている書店は、静岡県に多くの支店を持つ、地元の人間ならばまず知っている書店の興津支店だった。

とある土曜日、霞は店長に呼び出され、静岡本店の手伝いに行ってほしいと言われた。土日の二日間だけの出向で、仕事の内容は、在庫の整理と店頭でのレジ打ちである。

「わかりました。静岡の本店まで行ってきます」

と、気軽に霞は、この仕事を請けた。

もし仮に、この時点で霞がビジョンを発動し、土日の二日間で何が起こるかを知っていたら、まず間違いなくこの仕事を断っていただろうが、仕事中の霞は、そのような事はしなかった。

さて、出向先の書店の静岡本店は、駿府公園の近くにある。

さらに、駿府公園の近くには、霞の高校時代の友達が住んでいる。

「そうだ、清華を連れて行こう。休憩時間に公園で遊ばせて、仕事をしている間は友達に預かってもらえばいいや」

霞がそう考えたのはごく自然だったろう。

坂口の両親も、快く頷いてくれた。彼らも息子と同じく教職経験者で、息子が土日も妻や子供に構ってやれないのを、承知していたからだろう。

夫にも許しを得たので、霞は高校時代の友達に電話し、彼女からも了承を得た。

こうしてとんとん拍子に話は進んだ。

何かに、導かれるように。

そうならなくてはならない、と誰かが言っているように。

問題の土日。

仕事自体は、普段と変わりなかった。霞は娘を友達に預け、本店へ赴いて挨拶を済ませた後、レジ打ちの仕事に取り掛かった。

土曜日の午後三時ごろだった。中学生ぐらいの男女の客が、店を訪れた。

男子生徒は、本棚に夢中になり、女子生徒が、ちょうど本を運んでいる霞に話しかけてきた。

「すいません、本を探しているんですが」

「はい」霞は、仕事の手を止めた。「著者の名前か、タイトルはわかりますか？」

「いえ、どちらもわからないんですが」

「では、出版社はわかりますか？」

「それも……」

「……では」

この時点で霞も変だと思った。

何の本を探しているのか、皆目見えてこなかったからである。

それは、質問をしてきた女子中学生にしても、同じような様子だったのだ。

それでも、霞は仕事をこなした。

「では、本の種類はわかりますか？　小説なのか、エッセイなのか、学術書なのか」

「あ、それはわかります。たぶん、小説だと思います」

「小説なら、ジャンルはどうですか？　ファンタジーですか？　それとも恋愛小説ですか？」

この二択に絞ったのは、相手が中学生だったからである。しかし、その子は首を縦には振らなかった。

「学校小説、と彼は言うんですが……」

女子中学生が、後ろの本棚に熱中している、連れの男の子の方を向いて言った。

「はあ……」

学校が舞台の小説という事だろうか、と霞は推測した。

しかし、それだけでは彼女が探している本の見当がつかない。学校を舞台にしている小説はいくらでもあるからだ。

彼が言う、という事は、本を探しているのは、彼女ではなく、後ろにいる彼なのだろう。

そう思った霞は、女子生徒と同じように、本棚に噛みつく勢いで熱中している男子生徒を見た。

「――」

声に、ならなかった。

なぜかはわからないが、霞の胸に、こみ上げてくるものがあった。

中学生にしては身長が高く、髪の色が少し茶色くて、目が少しだけ緑がかっていた。

恋ではない。愛でもない。

しいて言えば、運命。

出会うべくして、出会った二人。

なぜか、霞はそんな事を思った。

この時、霞の胸中に飛来したものを一言で表すと、

「抱き締めて、撫でてやりたい……」

という風な、感情だった。

「小説の本文は、あるんです」

「え、はい?」

「これなんですが……」

慌てて、霞は仕事に戻った。仕事中である事を忘れるほど、霞はその少年に見入ってしまったのだった。

女子生徒は、紙切れのような物を渡してきた。

確かに、それは小説のようだった。

「……これだけ、ですか？」

「はい」

頷く女子生徒の前で、霞は戸惑っていた。

確かに、小説である。それはわかる。

ただし一頁しかない。最初の、書き出しの部分しかないのである。

「これは……」

他に、何の手掛かりもない。

タイトルも無ければ、著者もわからない。

つまり、この本を読んだ事のある人間でなければ、わかるはずがない。

評論家であれば、読んだ経験があったかもしれない。もしくは、このたった一頁の小説の作者が、とんでもなく奇抜な文体の持ち主であれば、文章から何となく察しがついたかもしれない。だが、本は好きでも、書店員であっても、たった一頁だけでは、調べようが無かった。

とは思ったものの、書店員として、

「すみません、わかりません」

では、話にならない。

霞は、他の店員に頼る事にした。

「申し訳ありませんが、少しだけお時間をいただけませんか？」

「はい」

素直に頷いたその子をその場に残し、霞はレジに戻った。

霞の、仮の上司に当たる人物に、女の子からかりた紙切れを見せる。

「お客様がこの小説を探しているのですが、わかりませんか？」

「ええ？」上司は、驚いた顔をした。「え、これは……無理だよ。こんなのわかるわけないでしょ」

「そうなんですが……」

霞も、言葉を濁した。

「ちょっと」上司が他の店員を集める。「誰か、この小説を読んだ事のある人、いる？」

レジに店員が集まってきたので、霞はそっとレジを抜け出した。

さっきの男の子を、もう一度見たかった。

目に、入れたかった。

あの子に、どうしても惹きつけられ、心が千々に乱れた。

その男子生徒は、まだ本棚に齧《めく》りついていた。

何冊もの本を、手にとっては捲り、少しだけ読んだ後、本棚に戻し、また別の本を探していく。

それは、本を探すというよりも、本を見た事がない人間が、

「へえ、本ってこんなものだったのか」

と全身で表現しているような動作だった。

新鮮なのである。

目が、輝いている。

そんな男子生徒に、先程の女子生徒が近づいて行く。

「保彦君、やっぱりこの店でも無理みたいだよ」

「え？」男子生徒が振り向く。「ああそうか、うーん、困ったねえ」

少年は、言葉とは裏腹に、まったく困った様子ではなかった。

「地元の図書館じゃ無理だったから……静岡まで来れば、何とかなると思ったんだけど」

女子生徒が、困惑した様子で言った。

「県内だとここが一番大きい書店になるから、ここで無理だと、もう他の本屋さんに行っても……」

「いや、気にしないで、桜井さん。元々あまり、期待はしていなかったんだ」

「ごめんね、保彦君、せっかくの土曜日を潰しちゃって……」

「気にしてないよ」

このやり取りを耳にした霞は、その場で、呆然としていた。

女子生徒の言葉は、正しい。県内ではこの本店が、恐らく在庫数、種類共に最も豊富だろう。だから、この店でわからなければ、他の店に行っても……という推測は正しい。

しかし、霞をその場に釘付けにしてしまったのは少年の名前だった。

「保彦……」

その名前の響きの、何と軽やかな事か。

そして、何と懐かしい事か。

保彦、という知り合いが、霞にいるわけではない。

それでも、何となくその名前に郷愁の念を覚えたのは、どんな理由なのだろうか。

まるで、どこかに、捨ててきてしまったような名前。

いつか、どこかで、めぐり合ったような名前。

「あ……」

そう、思い出した。

一年前の事。

「ビジョンの、中で……」

自分が笑い飛ばした、未来の霞が言っていたではないか。

自分の子供の名は、ヤスヒコだと。

同時に霞は、『保彦という少年の願いを叶える方法』を思いついた。

この時、霞に他意があったわけではない。

書店員として、本を探している客から、本の一部を差し出され、何の本かわかりませんかと質問された。だから、その本を探す気になった。

書店員として、客のニーズに応える事は当然の事である。

それを霞は、理由にした。

本当は、ただ……

「あの子を、まだ、見ていたい」

それだけだった。

このままでは、あの二人は、他の書店へ行ってしまうかもしれない。

少女の言葉の、この書店で見つからなくては、県内の本屋では無理というのは、正しい。

正しいが、個人の知識は別である。他の書店へ行けば、探している小説を読んだ事のある店員が、いるかもしれない。

そう考えるのは、やはりごく自然だっただろう。霞も、そう考えた。

だから、霞は取り出した。

本棚の陰に、さっと隠れる。

そう、自分には方法がある。

「……あの子たちが探している本に、めぐり合うビジョンを見ればいい」

ビジョンの使い手である霞は、そう結論を出した。

出した時点で、時は狂い始めた。

なぜなら、『めぐり合う』事は、決してなかったからである。

無い未来を探した。

探す未来を、無くしてしまった。

無くしてしまった未来を、探してしまった。

鏡が、発光する。

仮にである。

本当に、未来が視える手鏡があったとして、

そして、未来は永遠だったとして、

一〇〇〇〇〇〇〇〇〇〇〇〇〇〇〇〇〇〇〇〇〇〇〇〇〇〇〇〇年後も、未来は続いていたとして、

未来が視える手鏡に、

一〇〇〇〇〇〇〇〇〇〇〇〇〇〇〇〇〇〇〇〇〇〇〇〇〇〇〇〇年後を視せて、

と、願ったら、どうなるのだろうか？

こうなるのである。

「お願い、あの二人が、目的の本を探し当てた未来を、視せて」

鏡に罪はない。

「その林檎を、百円で売ってください」

これは正しい。林檎一個の値段は、これぐらいだろう。

「空気が汚いので、空気の缶詰めをください」

これも正しい。

ただし、空気は目に見えない。

触る事も、できない。

空気は、地球上なら、どこにでもあるから、たとえ空気の缶詰めが空であったとしても、

「その空の缶には、空気は入っていない」

という事を、証明する事はできない。空気が無いのは、宇宙ぐらいだからだ。

つまり、有る事を証明する事はできても、無い事を証明する事はできない。

無いものを、求める事はできない。

無いから、無いと言うしかない。

数学の世界では、マイナスという単位はあるが、実際にマイナスの数字で表される現実

の物は無い。

あるとすれば、こういう事になる。

例えば、そこに、最初は十個あったとしよう。そこから、なぜかはわからないが、三個、無くなってしまった。つまり、マイナス3である。実数としては7だが、現象としてはマイナス3である。

さて、鏡はどう答えたのだろうか？

探しても、探しても、無い。

鏡に声が出せるとしたら、こう言っていただろう。

「無い」

「どこにも、無いよ？」

「確かに時間は永遠だから、どこかにはあるとは思うけれど……」

「その証拠に、男の子の方は、さっき、二三〇〇年辺りで見掛けたし」

「でも、あの男の子がいる時代では、『本』というものは無いし」

「一〇〇〇〇〇〇〇〇〇〇〇〇〇〇〇〇〇年後まで探したけど、どこにも無い！」

「じゃあ、無いんだよ」

「あれ……？」

これは霞の言葉である。

おかしい、変だ。

こんな事は、今まで一度も無かった。霞が望めば、鏡は一瞬で未来を映し出してくれた。

それなのに、今回に限って答えてくれない。

一旦は光を放ったが、ほんの数秒後には消えてしまった。

つまり、右記のような状態になったのである。

無い。

そんな未来は、無い。

無いものは、映せない。

映さないという事は、無いのだ。

しかし、霞は別の解釈をした。

「質問の仕方が悪かったのかな？　えっと、じゃあ、あの二人が持っている本の切れ端が、どの本か、教えてくれない？」

霞にも、罪はない。

あの本は既に発売されている本だと思っていたのだから。

だから、誰でもいい。

誰かは、あの本を買ったはずである。

あの本を買った誰かの『未来』を教えてくれと、願った。

誰にも、何にも、一度も、この世に存在するすべてのものから、無視されるものなど無い。

何かは、誰かと、関わりがある。

だから、時が紡がれるし、この手鏡はその何かを手掛かりにして、未来を見せてくれる。

霞としては、あの本のタイトルと著者だけわかればよかったのだから、この質問で正解だった。

正解ではないのは、本の方だった。

あの本は『有るのに、無い本』だったのだが、霞はその事を知らない。

この時傍にいた、保彦と、桜井という少女も知らない。

そして鏡もまた、知らなかった。

だが、勤勉な鏡は仕事を始めてしまった。

また、鏡の声を拾うと、こういう事になる。

「うん、わかったよ。探してみる」

「……？　あ、あれ？　無いぞ。これも無い」

「そんなわけが無いよ。だってあそこにあるんだから、どこかにはあるはずだよ」

「……あ、あった。あったよ。同じものがあった。一九九二年の夏にあった！」

「……え、だけど、あれ？　こっちにもあるよ」

「え、え、こっちにもあっちにも、有る！」

「な、何これ、変だよ。この時代だけ、とんでもない量の情報が、飛び込んでくる！」

「何だよこの男の子は、変だよ！　いっぱいいる！」

「あの子が持っている本でしょ。えーと、あの、桜井って子は」

「え？」

これは霞の声である。

鏡は、一応の仕事をした。

近い未来、桜井の身に起こる事件を映し出した。

ビジョンの中で、桜井と呼ばれた女性が成長している姿が見えたのである。

「な、何、これ……？」

霞には、当然、理解できなかった。

桜井が、夜、どこかの道を歩いている。

そして、影から飛び出した『男』が、石を使って彼女を撲殺した。

「……？」

霞には、ビジョンが何を示しているのか、わからなかった。

また鏡の声を拾うと、こうなる。

「あ、あの子死んじゃった。これ以上彼女の未来を見ても無理だね」

「じゃあ、男の子の方を追ってみよう」

「……だから、変だよ、あの子！　九二年にいっぱいいる！」

「……あれ、こっちにもいるよ。この子」

「おかしいな。こっちの男の子は、まだ赤ちゃんだよ？」

「……あれ、おかしいな。人間って一年であんなに変わったっけ？」

「まあいいや。とにかく。あの子は、今こうだよ」

鏡が仕事をして、『保彦』のビジョンを、霞に見せる。

霞は、当惑しただろう。

なぜならそれは、病院のベッドに寝かされて高熱で苦しんでいる『ヤスヒコ』だったからだ。

そして、このビジョンが成立した事により、

「ぐ……！」誰かが呻き声をあげた。「な、なん、だ？」

「保彦君？」

他ならぬ保彦が、呻き声をあげたのである。

その光景を見て、霞が悲鳴をあげる。

「何で？」理解できなかった。「何で、未来を視ようとしただけで、こんな事になる

の？」

「保彦君、どうしたの？　どこか痛いの？」

「これは……何だ？」保彦の顔が真っ青だった。「バ……装置が、解除、されている……

……？」

霞は知らなかった。

その少年が、遥か未来からやってきた、未来人である事を。

未来は化学薬品によって汚染されつくしており、人間が住める世界ではなくなっている。

そこで、未来の人間たちは、身体を透明な膜で包むバリアによって、保護されている。

保彦も、もちろん、その処置をされている。

霞が、保彦のビジョンを見る事で、それが解除された。

なぜなら、鏡に言わせると、こうなる。

「だって、あっちの『保彦』は、今『こう』なっているよ」

「だったら、こっちの保彦も、こうならないとおかしいでしょ」

「二人は、同一人物なんだから」

こうして、バリアは強制解除された。

そうなるように、時が定めた。

そうならないとおかしいから。

結果として、装置を強制解除された保彦は、この時代にしかないウイルスにたちまち感染してしまった。

感染するから、保護していたのに、その守りを外してしまった。

ヤスヒコが高熱を発し始めたのは、これが原因である。

「おい、どうした?」

「お客様が……」

「すいません、救急車を呼んでください」

ただならぬ様子に、人が集まり始めた。

その脇で、霞は動揺していた。

なぜ、こんな事になってしまったのか。

私は、未来が視たかっただけなのに。

その間、鏡はまだ仕事をしていた。

「……無い!」

「どこを探しても、あの本は無い!」

「この時代、変だよ。光があっちこっちに飛び交ってる。それも紫色の光が」

「ああ、何これ、イライラする! あっちに行ったり、こっちに行ったり、『未来』が多すぎて判別できない!」

「……あれ？」

鏡から見れば、理不尽の一言であったろう。

『一九九二年の夏』にこうして意味不明の、大量の『現在』と『未来』の混合を見せつけられ、さらにその未来で、

『おい、それ……』

『坂口さんの指輪……』

と、別の時間軸の霞と邦彦が、自らを使って時間軸をまたもいじりだしたのである。

鏡にしてみれば、「別々の仕事を、同時にやれ」と言われたようなもので、

「そんな事ができるか！」

そう憤慨したのも無理はなかった。

その、結果、

「お、おい……」

「何だ、これ？」

「身体が……」

その場にいた人々……客や店員が怯えだした。

身体が、透けていくのである。

まるでここにいるのが、間違いであるかのように。

過去が、間違っているかのように。

霞の鏡に映る、すべての過去が、交錯し、途切れ、ある者は書き換えられ、ある者は修正され、ある者は別の途切れた道へと帰っていく。

書店は、パニック状態におちいった。

「もういい！」

霞は、鏡に向かって叫んだ。

「何をしているのかは知らないけれど、時を正常に戻して！」

この要請も、鏡にとっては理不尽だったろう。

何しろ、曲がっているのは時の方なのである。

間違っているのは、時間の方なのだ。

それを鏡は映し出しているに過ぎない。

あの人は、別の時間軸では書店員ではなかった。消防士だった。だから、時の流れを正常にすると、あの人はここにいてはならない事になる。

あの人は、別の時間軸では既に死んでいた。だから、生きていては未来が変になる。という事は、今ここで死ぬようにしないといけない。

未来は、一つなのだ。

一つのはずなのに、複数ある。

だから、鏡としては、

「これが未来だよ」

「けれど、これも未来だよ」

「どっちが正しい？　そんな事は知らない」

「有るんだから有る、無いものは無い」

「時を正常に戻す？　戻したから、こうなっているんだけど」

「とにかく、止めて！　何もしないで！」

霞が叫ぶと、鏡は、ようやく働きを止めた。

同時に、書店でのパニックも、ようやく収まってきた。

ただし、時の移し重ねの影響は残っていた。

ある人間は、服装がまったく変わってしまったり、髪型が変わってしまったりしていた。

未来と、過去の、移し合わせ。

あの時、あれが、ああだったら、現在はこうなっていた。

曲がる道をまっすぐ行ったら、ここに辿り着いていた。

どちらが正解？　と言われても、正解などどこにもない。

だから、鏡は自らに映った世界を『そのまま』現した。

ビジョンで見たものが間違っていたから、その結果を見せる。つまり、リビジョンを起こしたのである。

　これが、後に興津周辺を徹底的に壊滅させた、大地震へと繋がる『未来』だとは、鏡にさえも予測できなかった。


　異常事態は収まったが、その中でまだ倒れて高熱に苦しんでいる、一人の少年がいた。

「保彦君！　大丈夫なの？　……すいません、誰か、救急車を呼んでいただけませんか？」

　霞は、ようやく周囲の状態に気づいた。

　あの少年が、本棚と本棚の間、崩れ落ちた本に埋もれて倒れていた。

　高熱を発しているようで、息が荒く、顔色が真っ赤だった。

　すぐに救急車が呼ばれた。書店の搬入口に救急車が止まると、保彦と、桜井と呼ばれた少女が乗車した。そこにいた霞は、

「なぜだろう……、私は、これに乗らないといけない……」

　運命が、そうなっていると告げていた。

　そんな、気がした。

『ヤスヒコが乗せられている救急車に同乗する事』が、霞がビジョンで見た、真実の未来

だったからである。

たとえ、結婚した相手という『過去』が違おうが、ビジョンは絶対なのである。

書店側としても、誰か一人ぐらいは状況を連絡してくれる店側の人間が必要だったので、霞が付いていくのは渡りに舟だった。

こうして霞が救急車に同乗する事になった。

行き先は、県立病院。

救急車の中で、桜井は自分の住所や電話番号を告げたが、

「それで、こちらの……保彦君の連絡先は？」

「いえ、それが……」

桜井は、隊員の質問に、なぜか答えなかった。

「ご両親に連絡をしないといけないんだよ」

「それは……わかっていますが」

「まあ……後で、本人に聞けばいいか」

ほどなくして、県立病院に到着した。

保彦が隊員たちに運ばれていく中、霞はそっと、その場を去った。

治療室に付いていっても役に立たないし、そんな事をしなくても、霞には別の方法があった。

休憩室を抜けてトイレに入り、個室の鍵を閉めると、霞は手鏡を取り出した。

「……もう大丈夫？」

そっと、鏡に問い掛けた。

「さっきのような事は、もうしないでね？」

鏡は答えなかった。

「……あの二人、保彦君と桜井さんの未来を、視せて」

鏡が、発光した。

治療室では、今まさに、保彦への治療が行われているところだったから、未来というよりほとんど現在だったが、それを見た霞は驚愕した。

鏡の中で、保彦は、長身で、眼鏡をかけた男性の医師に、診察を受けていた。

この医師を、別の時間の霞が見たら、やはり驚いただろう。『秋』にヤスヒコを治療した、小児科の高橋医師だったからである。

しかも、その高橋は、脱力したように椅子に腰掛けたままだ。

目の焦点が合っていなかった。正気を保っていないのである。

霞は、首を傾げた。

何だ？

ビジョンの中の、桜井が言う。

『保彦君……いいの？　この人にもアレを使って。治療を受けないと』

『だい、じょうぶ、だ』

保彦が、空中から何かの瓶を取り出した。

その瓶の中から取り出した紫色の錠剤を口に含み、それを呑むと、一瞬、保彦の姿が消え、霞が驚く前に戻ってきた。

『保彦君……今、何が起きたの？』

『ちょっと、未来に行って治療を受けてきた。もう大丈夫だよ。バリアも張り直したから』

この保彦の言葉は、嘘である。

今の彼は『未来』に帰れない状態だったからだ。

だから、本当はこの時代に持ち込んだ、救急セットを使って、自分の身体の治療をしたのだが、そこまで語る必要は無いだろう。また、なぜ彼がそんな嘘を吐いたのかは自明である。

健康に戻った保彦は、高橋医師に向かって、こう命令した。

『僕のカルテを、全部処分してください。誰かに保彦という患者はどうなった？　と聞かれたら、紫色で、ラベンダーの香りがする薬を与えたら治った、と答えてください』

ややあって、正気を保っていない高橋医師が、

『……はい』

ゆっくりと、頷いた。

それを確認した保彦が立ち上がり、桜井の手を取る。

『さ、行こう、桜井さん』

『あ、うん……』

ビジョンは、そこで終わっていた。

これが、過去においてヤスヒコのカルテが消滅した理由であり、ヤスヒコが高橋医師から処方された薬を飲んだら、発熱が引いた理由である。

7　現在③

一年後の霞が、そこまで語り終えた時、過去の霞と、現在の霞は沈黙していた。

「……で？」過去の霞が言う。「私が、そういう未来に遭遇する事はわかったけれど、何で、それが興津に地震が起きる未来に繋がるの？」

『私にも、わからない』ビジョンの中の霞が言う。『けど、見て。今現在、私が体験した一九九二年の夏を経た秋の興津って、こんな感じよ』

一年後の霞が、鏡を傾けたのだろう。ビジョンの場面が変わった。

「……！」

「え、嘘……」

二人の霞は、ともに沈黙した。

知っていた町の風景が、滅茶苦茶に変わっていた。

商店街は壊滅状態で、屋根が倒れ、血がついている所もある。

駅舎も崩れ、線路からはレールが飛び出しており、電車が無残に倒れ、ガラスがすべて割れ、そこにも血が飛んでいた。

霞と邦彦が住んでいたマンションも、崩れ落ち、跡形もなくなっていた。

声を出せないでいる二人の霞に、凄惨な過去を体験したが故に、現在の霞とは違った人格を形成してしまった、一年後の霞が言う。

『……私は、こうなるのをビジョンで視て、知っていたのよ。だけど、夫とその両親には、この事を言い出せなかった』

結果として、彼女の夫、坂口清は死んでしまった。

真昼の地震であったから、彼の勤務する中学校で生徒を守ろうとして、命を落としてしまった。

夫の両親も死んでしまった。

そして霞は今、避難所の一角で、娘の清華と一緒に避難生活を送っていたのだった。

「……娘は？　無事だったの？」

自らのお腹をさすりながら、過去の霞が言った。

『ええ……この子だけはと思ったから、地震の当日、静岡の知り合いのところに預けて、被害を受けないようにしたの』

ただ、町の人々は死んだ。

まだ、確認は済んでいないが、死者の数は千人以上に及ぶと言う。

「そんな……！」過去の霞は青ざめていた。「あなたがそのビジョンを見たからといって、なぜ地震が起きるのよ！」

『だって、そっちの私……邦彦と結婚した私の未来では、地震なんて起きなかったのでしょう？』

「え、ええ」

霞が、頷いた。

知っていた病院が変わったり、勤め先が消滅したりと、個人的な損害は受けたものの、霞の知っている現在では、ここまで酷い事にはならなかった。

もちろん、地震など起こらなかった。

『たぶんどこかで、私が間違えたのだと思う。その結果、他人にもその余波を被せてしまった……』

霞は、何かが頭に引っかかった。

あの、十年後の私……。

鏡を割ってしまった私は、恐らく『この』霞の行き着いた先ではなかったのだろうか。

未来を知る事が、決して幸福に繋がらない事を知り、とうとう鏡を割ってしまったのではないのだろうか。

霞は、強くそう思った。

なぜ霞が坂口と結婚した事により、引いては、静岡において『保彦』と出会う事により、興津で大地震が起きたか。

これは、どの霞でも、知る事はできなかった。

よって、まったく別の視点から、事の経緯を伝えたい。


高橋医師のもとから逃げ出した保彦と桜井は、病院の中で迷ってしまった。

ただでさえ病院の中は複雑にできているのに、この二人は県立病院は初めて来たものだから、外に出る通路がまったくわからなかった。

「あの薬を使えば、移動できるんでしょ？」

事情を知っている桜井は保彦にそう問い掛けたが、彼は首を横に振った。

「リープの瞬間を目撃されたくないんだよ。だから、さっきから、人目につかないところを探しているんだが……」

病院の中は、混んでいた。どこもかしこも人がいて、患者が歩いていて、看護婦が立ち話をしていて、医師が出入りしていて、人のいないところが無かった。

やがて、二人はトイレの目の前に辿り着き、ここなら、と保彦は薬を取り出しかけたが、舌打ちをして止めた。

その保彦を見て、桜井が、首を傾げる。

「リープの薬で、岡部まで行くんじゃないの？」

保彦が持っている、ある薬は、時を越えるのと同時に、空間を越える事ができる。

なので、てっきり桜井は、ここで保彦から薬を分けてもらい、それぞれ女子トイレと男子トイレに別れ、個室で薬を使うものだと思っていたのだが、保彦がこれを否定した。

「……僕はそれでいいんだが、君がこの薬を使っても」

「あ」

そうか、と桜井は気づいた。

保彦の薬は、彼以外が使っても、五秒でキャンセルされてしまう。保彦以外の人間では、どこに飛ぼうが、いつの時代に行こうが、使用を許されているのは五秒間だけで、六秒後には、元の場所、元の時代、元の時空に戻されてしまうのだ。

従って、薬を使えば保彦は岡部に戻る事ができるが、桜井の場合、使っても五秒でこの病院の女子トイレの個室に戻されてしまう。

桜井は、気を使って言った。

「あ、それなら、保彦君だけで戻っていいよ。私は電車とバスで普通に帰るから」

保彦は、少しだけ考えた後、桜井の申し出を断った。

「……女性を残していくのは、僕の主義に反するから、やっぱり一緒に出口を探して、一緒に帰ろう」

そう言って、保彦が桜井の手を握った。

桜井は、それで少し顔が赤くなったが、保彦は構おうとしなかった。

主義云々は、口からでまかせである。保彦の思惑としては、

「……彼女一人で行動させて、あの本に書かれていない事を経験されては困る」

からだった。

何故なら、あの本には、主人公と未来人が病院に行く描写など、なかったからだ。

なので、保彦は、

「今日、あの本屋に行った事も、僕が倒れた事も、病院に運ばれた事も、全部、クラスのみんなには秘密だよ。心配を掛けたくないからね」

「……倒れた事はそうだろうけど、あの本屋に行った事まで？」

「だって、今日のあの出来事を、他の人たちだって知っているわけだろう？　新聞なんかに載るかもしれない。そうすると、あの時間、あの本屋にいたって事がみんなにばれると、都合が悪いじゃないか」

殊更に強調した。桜井は、

「わかった」

と頷いた。

出口を探して病院内をさまよいつつ、保彦は考えていた。

「なぜバリア装置が、急に解除されたのか」

備えは万全にしてある。何より、この時代には装置に干渉できるような電波も信号も、存在しないはずだ。

なぜか？

何かが、変だった。

時を彷徨《さまよ》う旅人である保彦ですらわからない何かが、この時、起こりつつあった。

これが、リビジョンである。

保彦と桜井が、とある通路を曲がる。

曲がるべきでは、なかった。

そのまままっすぐ行けば、出口に近かったし、何事も起こらなかったのだろう。

だが、曲がってしまった。

時を曲げてしまった。

先に気づいたのは、桜井だった。

「――あれ？」

彼女が、首を傾げた。

前方から来る白衣の男性に、見覚えがあったからだ。

彼は先程、保彦から洗脳を受けた高橋医師だった。

ただし、この時はもう医師ではなかった。

彼は薬剤師になっていた。

「ねえ、保彦君」

桜井が、そっと高橋を指差す。

「あの人に、もう一度あれを使って、出口まで案内してもらえばいいんじゃない？」

「同じ人に、何度も使用するのは、まずいんだよ」

だからよそう、と言いかけた保彦も気づいた。

違う。

先程、診察を受けていた高橋医師と、前から歩いてくる高橋とでは、何かが違う。

もちろん、未来人である彼が、この時代の医師と薬剤師の違いを、服装や雰囲気で見分ける事はできない。

できないが、何かが変だった。

保彦は知らない。

自分があと数歩、進んだ先の病室に『ヤスヒコ』がいる事を。

つまり、自分がいる事を。

その過去は否定されたはずだが、リビジョンによって蘇ってしまった事を。

そして、薬剤師の高橋は赤木女医の頼みで、新しく調合した薬を持ってヤスヒコが眠る病室に向かっていた。

保彦は、嫌な予感がした。

とても、とても、
とてつもなく、気味の悪い、背筋が凍るような予感。

「何だ……？」

しかし、目の前の光景には何もない。

白い通路を歩く老人の患者に、病室から出てきた看護婦、廊下で何かの打ち合わせをしていた医師。そして、薬を持って歩く高橋。

何だ？

何だ、これは……。

高橋が、進路を変えた。

病室に入ったのである。

そして、すやすやと眠っているヤスヒコを見下ろし、

「よかった。今日はまだ、発熱はないようだ」

「ええ」

ヤスヒコに付き添っていた、赤木女医が応える。

外の通路では、保彦と桜井が、この病室を通る十秒前。

「千秋さん夫婦に、連絡は？」

高橋が聞いたが、赤木は、首を横に振るのみだった。

八秒前。

「どこに行ってるんだが……。家に連絡しても、全然繋がらないんですよ」

「自分の子供が熱で苦しんでいると言うのに、ねえ」

高橋が、眠っているヤスヒコの、頬を払う。

「こんなに小さいのに、不憫な……」

「ええ」赤木が頷く。「何とか、治してやりたいものですが……」

「治す……」

高橋の脳裏に、千秋夫妻の言葉が蘇った。

『飲み薬です。色は紫色で、匂いがついてました。確かラベンダーの……』

「……ラベンダー？」

我知らず、高橋はそう呟いた。

「ラベンダーが、どうかしましたか？」

と、赤木女医。

五秒前。

何が、原因だったのだろうか。

『誰かに保彦という患者はどうなった？ と聞かれたら、紫色のラベンダーの香りのする薬を与えたら治った、と答えてください』

この暗示を高橋に与えたのは、間違いなく保彦本人である。

医師と薬剤師の違いはあれど、この高橋は、間違いなく保彦に暗示を与えられた高橋だった。

四秒前。

通路を歩く保彦は、尋常ではない雰囲気を悟り、顔をしかめた。

「何だ……？」

保彦の勘が、何かを告げていた。

何かが、
来る。

三秒前。

病室で眠っていたヤスヒコが、急に泣き出した。

なぜ、泣いたのかは、わからない。

熱は出ていなかったし、痛みがあったわけでも、母乳をほしがったのでもない。

強いて言えば、それは……、
泣け、と時に命じられたのだろう。

「あれ？」

病室の近くにさしかかった保彦が立ち止まる。

「あら、赤ちゃん？」

桜井も立ち止まった。

「あらあら、どうしたの？」赤木がヤスヒコを抱き起こした。「お腹が空いているわけでもなさそうだし……。高橋さん、私、ちょっとこの子に外の空気を吸わせてきます」

「ラベンダー……」

高橋は、まだその考えに取りつかれていた。

ヤスヒコは、ラベンダーの薬さえあれば治る。

二秒前。

「……まずい！」

「え？」

保彦が何かを感じ取った。

時を超える薬を、空中から取り出す。
逃げるつもりだった。
「……あ」
しかし、繋いだその手が熱かった。
そう、保彦は、桜井と一緒だった。
保彦本人は、薬一粒でどうにでもなる。しかし彼女は。
「……もし『彼女』が作者だったら、僕は永遠に、未来に……!」
この時代に、取り残されてしまう。
その思考が、一瞬だけ保彦の頭をよぎった。
一秒前。
保彦の手が滑り、瓶の蓋が開いた。
一粒だけラベンダーの薬が零れ出る。
薬は転げ落ち、部屋を出ようとしていた高橋の足元へと転がった。
高橋がそれを拾い上げる。
「……何だ、これは? ……ラベンダー?」
『紫のラベンダーの薬を与えたら、治った』
その暗示が、彼を支配した。

「では、私は外に……」
赤木がヤスヒコを連れて、外に出て行こうとする。
ヤスヒコの口に向かって、高橋が無意識のまま薬を持った手を出した。
その時、ちょうど病室の前を、保彦と桜井が通りかかろうとしていた。
「――あ……
その
二人を
会わせるな!!!!!!!!
これが、興津周辺をほぼ壊滅状態に陥らせた、巨大地震の原因である。

揺れによって、高橋の手がすべり、薬をヤスヒコの口へ入れてしまった。

その時点からヤスヒコはいずこも知らぬ時空へと消えた。

通路にいた保彦は、バリア装置を強めに調節し、桜井を守った。

その後、二人は空を飛んで、静岡市まで戻り、岡部町に帰る事になる。


話を霞たちに戻そう。

一年後の自分から、散々になった興津の町を見せられた過去の霞は、

「……わかったわよ」

と、あっさり認めた。

「おぞましいけれど、たくさんの死者が出るような未来に繋げてはいけないという事は、わかったから」

銀の指輪を抜いて、現在の霞に渡した。

そして、坂口から貰った金の指輪を取り出す。

「まったく、趣味悪いと思ってたのよね」

放り投げて、地面に落下したその指輪を踏み締めた。

指輪は、樹の根元と根元の間に、挟まった。

だから未来で、この場所にこうしてあったのか、と現在の霞は納得した。

「ああ……」

「じゃ、戻る」

ぶっきらぼうに、過去の霞が言った。

「戻って……ああ、邦彦と、か……」

そこで、未来の邦彦、今は霞の夫になっている邦彦を見た。それから未来の自分を。

「……何でそんな事になったの？　どういう気分なの？　おまけに子供まで生まれちゃって」

「さあ、私にも、わからない」

現在の霞は、素直にそう言った。

「ただ……、たぶん運命だったんじゃないのかな」

「気持ちが悪い」過去の霞も素直に応えた。「まあ、いいでしょう。地震が起こるよりマシだから……」

振り向いた。後姿のまま、過去の霞が言う。

「……一応言っておくけれど、絶対に幸せになんかなれないわよ。それでも、その未来を選ぶの？」

「ええ」

霞は力強く頷いた。

「……生まれてきたあの子を、ヤスヒコを見れば、あなたにもきっとわかるはずよ」

「わかりたくないから、こうして過去を変えているのよ」

過去の霞は、大きく息を吐くと、手鏡を持ち直した。

「じゃあね、未来の私」

「ええ、過去の私」

ビジョンが、解除された。


邦彦が、はっと気がつく。

「あれ……？」

そして辺りを見回した。

そこは元の一九九二年秋の薩埵峠だった。

「か、霞……？」邦彦が不安そうに尋ねる。「なんだ？　何が起こったんだ？　坂口さんはどうなったんだ？　過去は……」

「もう、大丈夫」

秋の風を受けながら、霞は言った。

霞の長い髪が、秋の空に舞う。
「これですべて、終わったのよ」
何が起こったのか、霞にも正直わからなかった。
わからなかったが、意味不明な過去改変が収まれば、それでよかった。
ヤスヒコが消える未来さえ回避できれば、それでよかったのだった。
だから、彼女はそのほんの少し先の未来で、嘆き苦しむ事になる。
慟哭し、涙を流し、千の秋を巡る決意をし、
そして実際、千の秋を旅する事になる。

家に戻った千秋夫妻を待っていたのは、我が子が入院している県立病院からの連絡だった。

時の彼方に消えてしまったヤスヒコが、
いや、もうよそう。

これより先、園田保彦の出番は無い。

今までは混同を避けるために、彼をカタカナ表記にしていたが、本名で名乗ろう。

つまり、千秋保彦が行方不明になってしまったのである。

8　秋夜叉

桶に溜めた清水を、霞は頭から被った。
水の音がして、境内を流れていく。
もう一杯、霞は水を汲んで自分に掛けた。
何度も、何度も、それを繰り返した。
水垢離《みずごり》である。
白い服装に身を包み、ただ一心に水を浴びていた。
興津にある宗像神社。
母を司る神社で、霞が、秋の夜に、水垢離を繰り返していた。
それはあるいは、彼女の涙を隠すためだったのかもしれない。
実際に願っていたのは、我が子、保彦の安否である。
ビジョンから部屋に戻ってきた時、電話が鳴り響いていた。
タイミングがいいと霞は思ったが、後から聞いてみると、ずっと病院側は電話していたらしい。

前代未聞の不祥事を起こして、一刻も早く、被害者の家族である千秋夫妻に連絡を取りたがっていたのだ。

「誠にもって、申し訳ありません」

謝罪したのは、県立病院の院長で、場所は院長室だった。

他には、直接の担当だった赤木女医と、その場にいた高橋という薬剤師もいた。

ひたすら謝り続ける病院側の人たちの前で、霞はその場に崩れ落ちてしまった。

興津は無事だった。

地震など起こらなかった。

ただ、相変わらず三島病院は歯医者であったし、医師だった高橋は薬剤師だし、霞と邦彦は、互いの職場から無視され続けている。

何も変わらなかった。

過去の改変は、起こって、起こらなかった。

ただ一つ。

病院に入院していた千秋保彦が、この時空から切り離されてしまった事だけが、唯一の変化であり、霞が辿り着いた『未来』だった。

「何で？」霞は涙を流しながら言った。「ここまでやったのに、どうして……？」

始まりは、十年前の自分から、そんな子は知らないと言われた事だった。
その後、十年後の自分から、やはり、そんな子は産んでいないと言われ、
三年後の自分の結婚を阻止し、
だが、一年前の自分に先手を打たれ、保彦の存在が消滅しかけたが、
それでも『その未来』では、近い将来、町が壊滅的な打撃を受けるのがわかったから、
元に戻したはずなのに。
「ここまでやっても……ここまでやっても……！」
なぜ、否定されなければならないのだ。
なぜ、私の保彦は、時に受け入れられないのだ。
なぜだ！
「本当に、誠にもって……」
院長が詫びる。
「話に聞いたところでは、まだ生まれて間もないお子さんだという事で、自力でどこかに移動するのも不可能なはずでして。今も当院を、スタッフが全力で捜索しておりますが、いまだ、どこにも……」
「……とにかく、もう一度、説明してください」邦彦が焦った口調で言う。「薬剤師の高橋さんが、どうしたんですって？」

「はい……」高橋が頭を上げる。「正直、自分でもよくわからないのですが……」

園田保彦の洗脳装置は、記憶に残らない。

だから、高橋にしたところで、自分がラベンダーの薬を保彦に飲ませた事も、覚えていない。

なので、彼から見ると、

「赤木さんが、お預かりした保彦くんを抱っこしていました。ええ、そこは覚えています。その時、突然保彦くんが泣き出したので、外の空気を吸わせてあげようとしたのです」

そこに、ぐらっと、一瞬だけの、地震が来た。

だが、すぐに収まった。

日本なら、この程度の揺れは日常茶飯事なので、赤木も高橋も、特に気にしなかった。

しかし気がつくと……、

「消えていたのです。跡形もなく、保彦くんが……」

「赤木さんは、どうなんですか？」

邦彦の言葉に、赤木が顔を上げる。

「高橋さんの言うとおりです。私が保彦くんを抱いて外に行こうとしたとき、ぐらっと、ほんの少しだけ揺れまして、足がよろけました。その瞬間……」

消えた、というのである。

何だそれは。

なぜ、消えるのだ。

霞は知らない。

保彦がいたからこそ、保彦は消えたという事実を。

保彦が存在していたからこそ、保彦は存在を消されたという事実を。

矛盾する事実を、たとえ事情を知っていたとしても、霞は受け入れなかっただろう。

「今、全力で病院内を探しておりますので、この事は、外部には、どうか……」

院長が机につくほど頭を下げて、そう漏らした。

「だって……」

邦彦が、苦い顔で告げる。

「病院内を探しても見つからないってことは、それは人攫《ひとさら》いってことになるんじゃないんですか？」

そうなれば、こちらとしては警察に届けないわけにはいかない。

邦彦が、それとなく、そうした事を告げると、

「捜索中なので、警察に届けるのは今しばらくお待ちください」

またも、院長が頭を下げた。

病院側としては、スキャンダルだけは避けたいのだろう。

霞と邦彦は、引き下がるほかなかった。

病院側の不始末であるが、騒ぎ立てたところで、保彦は見つからないという事をわきまえていたからだ。

呆然としたまま二人はマンションに戻り、夕食を取る気力すら湧いて来ないので、

「ごめん……何か、出前でも取って」

霞は邦彦にそう言い残し、自身は寝室に籠って、窓を閉め、カーテンを引いた。

電気も点けず、真っ暗な部屋で、霞は手鏡を取り出した。

このために、部屋を闇で閉ざした。

ほんの少しの光も、見逃すわけにはいかなかったからだ。

「お願い」

怒りを込めた声で、霞は懇願した。

「保彦の未来を見せて……！　今、あの子はどこにいるの？」

鏡は光らなかった。

そんな未来は無い。

保彦が消えた以上、保彦はもう、未来にはいない。

一九九二年にいないのであれば、二三一一年にもいない。

どこにも、いない。

仕事をしない鏡に向かって、霞は怒鳴った。

「なんで『こんな事』になるの？　……あの子は死ぬ運命だったの？　それを私が変えたから、こんな事になったの？　……答えて！　お願い！」

「じゃあ！」

鏡は、答えない。

答えようがないからだ。

他人を介してはいるが、保彦自身の命令でもって、保彦が作った薬を、保彦自身が、服用したからだ。

もちろん、偶然である。

偶然ではあるが、逆に言えば、運命であったと言えない事もない。

運命とは、決まっている未来の事。

そして、その運命が起こったのは『過去』である。

故に、未来は無い。

故に、鏡は映さなかった。

過去も未来も現在さえも、鏡は映してくれなかった。

何も答えない鏡を置いて、霞は一人、部屋を出た。

リビングで、カップヌードルをつついていた夫に、

「ちょっと、散歩に……」

言い置いて、出かけようとしたとき、夫の声が掛かり、

「早まった真似だけは、するんじゃないぞ」

邦彦が立ち上がり、霞の肩を抱いたが、霞は何も言わなかった。

外へ出て、夜の町をふらふらと歩き回った末に宗像権現の神社へ入り、おもむろに水を浴び始めた。

「神様……」

一心に祈りを捧げる。

「お願いです。どうか……」

神に向かって、ひたすら祈る。

「どうか、あの子の命を救ってあげてください」

どこにいるか、わからぬ我が子を、
どうか頼みます。

「お願いです……！　保彦の、命さえ、助かれば、私の命などいりませんから……！」

霞は、本気だった。

保彦さえ、助かればいい。

そのために、自分の命が必要なら、いくらでも差し出す。

自分が死ぬ事で、我が子が助かると言うのなら、今、この瞬間にでも、死んでいい。

保彦が助かるというのなら、喜んで、この命を差し出そう。

その願いが通じたのか、どうか……。

霞は、神社の境内で水垢離をしていたのだが、あまりにも、何度も、何度も、水を浴びていたため、周囲の地面に水たまりができていた。

露出した地面の先に、何か、白いものが浮かんでいた。

夜の事だったし、何よりこの時、霞は眼鏡をかけていなかった。だから、よく見えなかったのだが、眼鏡をかけて見てみると、それは、白い布切れのようだった。

「これは……」

ずるずると土中から、それを引っ張り出し、布に印刷されている文字を見て、霞はぎょっとした。

「な、何で……？」

それは、あの県立病院の名前だった。

保彦が入院していた病院の布切れが、この神社の土中に隠されていた。

いや、埋まっていた。

それも、この劣化具合は、百年や二百年の歳月では到底、追いつかない。

五百年、いや、ひょっとしたら、千年……？

千年前に、あの病院があった、はずがない。

では、なぜ、なぜだ。

なぜ、この神社の土中に、あの病院の名前が印刷された布切れがあったのだ。

その時、神社の入り口の方向から声が掛かった。

「おーい、霞！」

邦彦だった。

彼は、階段を二段飛ばしで上がり、荒い息をつく。

「あなた……」

「やっぱり、ここにいたか……」

邦彦が立ち上がり、霞の元まで歩いてきた。

真面目な顔で、彼は言った。

「お、驚く、なよ？」

「どうしたの？」

「ほら……」

邦彦が、霞の手鏡を持っていて、それを霞に手渡した。

「……えっ⁉」

霞は、目をむくほど驚いた。

それは、何年も前に死んだはずの母からのビジョンだった。

しかも母は、ものすごく若かった。


『霞に邦彦……あんたら、何をしたの？』

「な、何をって」と邦彦が狼狽する。

「お、お母さん……？」霞も、焦った。「な、何でお母さんが……、お母さんは……」

『ああ、わかってるよ。その様子じゃ、その未来では、私はもう死んでるんだろうね』

と、母が事も無げに言ったので、霞はまたも驚く。

「お母さんも……ビジョンを使えたの？」

『びじょん？ ……この鏡で未来を視ること？ 使えるわよ。というか、うちの女性はみんな使えるわよ』

「え……」

霞は驚愕した。

知らなかった。

千秋家の女性はみんな、使える……？

『私も使えたし、私の母も使えたし、母の母も、使えたわよ』

「何で言ってくれなかったの？」

『何でも何も、うちは代々そうしてきたのよ。娘ができたら、娘に鏡を渡して、それでおしまい。もう、未来を視る事はしないって、そういうふうに続いてきたの』

「じゃ、じゃあ、今のお母さんは……というか、お母さんの『今』は」

『そうよ、あんたを産んだけれど、あんたがまだよちよち歩きしかできない頃。流石に、この年齢のあんたに鏡を渡す事はできないから、生まれて少ししたら、と決まっているの。うちでは』と、母は語った。『年代で言えば、一九六六年よ』

「で……お、お母さんが、何で……」

『何でも何も、私も、母からこうして、過去から言われたのよ。あんた、何をしたのって』

「え……？」

霞にとっては、祖母に当たる。

『そして、母も自分の母……、ああ、あんたらは会った事はないわね。つまり、私のお婆ちゃんから、何をしたのと言われた、と聞いているわ』

「え、え、ちょっと、え……？」

『そして、母の母の母も……』

「待って！」

霞は、叫んだ。

事態がのみこめない。

『あんたは、自分の娘に問い掛けないの？』

「私は娘は産んでないもの！」

『え？』

「息子は、産んだけれど……」

その先が、続かない。

どこにいるか、わからないとは、言いたくない。

『そんなはずがない』

「え……」

『うちは、代々そうしてきた。だから、あんたらの代もそうなるはず』

「そうなるって、何が」

そこで、母は何かに気づいたようだった。

母から見れば、そこに映っていたのは、霞と邦彦だけだったのだ。

『あんた……ひょっとして、邦彦と？』

霞は、口に出せなかった。

しかし、そこは母である。すぐに気づかれてしまった。

『馬鹿！』

「だって……、だって……」

『ああもう……』母が髪を掻きむしった。『そもそも、あんたたち、どうしたの？　何をしたの？　全部、話しなさい』

「わ、わかった……」

霞は、語りだした。

邦彦との間に、保彦という息子を産んだ事。

しかし、その息子が、高熱を出し、ビジョンでそれがわかったので、ビジョンの通りにしなかった事。

そうしたら、過去と未来の自分が、『それは違う』と言い出した事。

なので、保彦を守るため、保彦の存在をなかった事にしようとする過去と未来と、闘った事。

途中では母は、

『あんた、何、馬鹿馬鹿しい事をやっているの？』

と叱りつけた。

そして、一年後の霞から、興津に大地震が起きる未来を知らされたので、それを回避するために、未来の通りにしなかった事。

『馬鹿!』またも霞たちは母に怒鳴られた。『何でその未来の通りにしなかったの!』

「だ、だって、地震が起きちゃうし、死人だって」

『そんな事、どうでもいいじゃない』

「え……」

『この手鏡に、映った事は、それはもう、変えられない未来なのよ。変えては、いけないのよ。たとえ大地震だろうが、台風だろうが、死人が出ようが、視てしまった以上、それを変える事は、やってはいけないのよ』

「だって、私たちのせいで、何の関係もない人たちが犠牲になるなんて」

『あんたや私の時代はよかったけどね、戦時中とか、どうしてたと思うの? 自分の親族や子供が近い将来において死ぬ事がわかってしまうのよ。それでも、戦争に行くなとは言えないのよ』

「それはしょうがないじゃない!」

『そう、しょうがないのよ。変えては、いけないの』

あくまでも母は、ビジョンの結果を変えるな、と言い張った。

『で、あんたはそんな、びしょ濡れで、何をしているの?』

「神社で水垢離を……あ、そうだ」

霞は、先程見つけた布切れを母に見せた。

「これ、神社の土中から見つけたんだけど……」

布切れを、鏡にかざした。

その瞬間、ビジョンが発動した。


最初は、母の元へ移動した。

母の若かりし頃、一九六六年。

「え?」

「あれ……?」

移動したのは、霞と邦彦だった。

その横に、母が呆然とした顔で立っていた。

「おかあ……」

すぐに、再びビジョンが発動。

今度は、母の鏡の中に、吸い込まれた。

次に出たのは、祖母の家だった。

「あれ、おば……」

何か言う間もなく、やはり鏡の中に吸い込まれる。

次は曾祖母。

次は、曾祖母の母。

更に次は、曾祖母の母の母。

霞と邦彦の二人を、鏡がどんどん過去へと誘っているのだ。

「な、何だ、これは……?」

邦彦が、怯えた様子で言った。

「この切れ端があった時代へ向かってる?」霞は呟いた。「でも……、あの病院ができた時代を、とっくに超えているのに……?」

そう、霞の周囲は最早、戦時中を通りすぎていた。

戦時中を超え、大正、明治。

江戸時代を何度も、何度も繰り返し、
戦国時代を過ぎ、
室町時代を通り抜け、
南北朝を駆け抜け、
鎌倉を通過し、

「ど、どこまで……一体、どこまで……？」邦彦が、震えている。

平安時代に辿り着いた。

そこは、鬱蒼とした森の中だった。

建物は、何一つない。人工物が、どこにもなかった。

季節は、秋。

千の秋を乗り越えた先でも、紅葉が、美しかった。

現代よりも鮮烈な紅と、輝かしい萌黄色の氾濫。

時刻は、夕暮れだった。

「ここが……？」

邦彦が辺りを見回す。

「そんな、何で、こんな、大昔に……？」

霞も、異常事態を理解できない。

その時、茂みが揺れた。

霞と邦彦がそちらを見ると、絵巻物にでも出てきそうな、質素な着物を身に纏った、娘がいた。

「おい、あ、あれは……」

霞が、自らの顔に手をやった。

信じられなかった。

その女性は、霞と、そっくり同じ顔をしていたのだ。

やがて、別の方向から、今度は邦彦とそっくりの立派な身なりをした男性が現れた。

二人は、待ち合わせをしていたらしく、落ち合うと、抱き締めあった。

『カスミ……』

『オオクニヒコ様……』

名前まで、そっくり同じだった。

「俺らの、祖先に、なるのか？」

「そういう……、事よね？」

でなければ、ここまで顔は似ないだろう。

二人の祖先に連なる二人はひとしきり抱擁をした後、口付けを交わした。


カスミとクニヒコは、現代でいうところの貴族だった。

そして、二人は、異母兄弟でもあった。

その事を、二人とも知ってはいたが、心が惹きつけられるのを、どうしようもなかった。

ついに二人は家を出た。どこか遠いところで、二人で暮らすつもりだった。

子供に関しては、血が近すぎるゆえ、もうける事を諦めていた。

先にカスミが家を出て、クニヒコが準備をしてから家を出て、この場所で、落ち合うつもりだった。

ところが、カスミが出してきたものを見て、クニヒコが仰天した。

「ついさっき、天から降ってきたのです」

それは、保彦だった。

この時、鏡の中では霞が絶叫している。

「おお、天からの授かり物か……」

クニヒコも喜んだ。

「これはいい。我ら二人、愛し合いはしたものの、血が近すぎるゆえ、子作りは諦めていたが、ちょうどいい。この子を、我らの子といたそう」

ふざけるな。

それは、私の子だ。

私が、産んだ子だ。

「うむ、この子が長じた暁には、嫁を添えてやり、代々繋げて行こう」

クニヒコの言葉に、カスミも頷いた。

「さて、この子に、名前を付けてやらねばなるまいな」と、クニヒコが言う。「さて…

「……」

ややあって、クニヒコは名を思いついた。

「ヤスヒコ、というのはどうじゃ。安らかなる時を、過ごしてほしいという意味で」

「良い名です」

違う。

保彦は、ヤスヒコではない。

私の、保彦だ。

「ところでクニヒコ様、家から何か持ち出すと言っておられましたが、一体、何を？」

「うむ、これだ」

そう言って、クニヒコが荷物から一対の鏡を取り出した。

それは後の、霞と、邦彦の鏡だった。

「手軽に持ち歩けて、価値がありそうなものといえば、鏡だからな」

「では、クニヒコ様……」

「うむ、参ろうか」

クニヒコが、カスミを引き寄せ、一度、口付けをする。

「我ら三人、これからは家族として、生きようぞ」

「はい」

違うと、
言っているだろう。

「ヤスヒコ……」カスミが、腕の中の保彦に笑いかける。「これからは、私があなたの母ですよ」

母は、
私だ！

その時、クニヒコが持っていた鏡から、誰かの手が、伸びてきた。

その手が、保彦を摑む。

保彦を包んでいる、県立病院の産着を摑んだ。

「な……」

「な、何じゃ……、手が……」

これは、
私の子供だ。

「おのれ、物の怪が！」

クニヒコが、懐から小刀を出し、手に切りつけようとしたが遅かった。

既に手が、保彦を奪い取り、鏡の中へ消えた。

クニヒコの刀は、保彦を包んでいた、産着を切ったに過ぎない。

その産着の切れ端が、クニヒコの足で踏み潰され、土中へ埋もれる。

そして千年後、今、鏡から出てきた手の持ち主に、発見される事になる。


「か、霞……」

邦彦は、怯えていた。

今しがた、見たビジョン。

妻である霞が、手鏡に手を突っ込み、千年前の自らの祖先から、保彦を奪い返したのである。

「馬鹿な」邦彦は、呆然として呟いた。「何をしたんだ、お前は!」

「何って」

霞は、うっとりと、我が子を抱き締めていた。

やっと、逢えた。

やっと、再会できた。

私の保彦。

「あの二人は俺たちの祖先だったんだぞ!」

「それが?」

「あの二人が、保彦に嫁を見つけて……俺たちの子供である保彦が、俺たちの祖先になるんだぞ？」

「だから？」

「その保彦を奪ってしまったら……」

過去が変わる。

自分たちの祖先に、子供がいなくなる。

という事は、時が、途切れてしまう。

自らの系譜を、自らで否定してしまう。

だが、霞はうっとりと、保彦を見つめるだけで、何も案じてはいなかった。

「そういう事だったのね」

よく、わかった。

だから、保彦は時に否定されたのだ。

「姉弟で、子作りをしようとした、私たちの祖先が、だから……」

そして、夫の邦彦を見た。

血を分けた、弟である邦彦を。

霞と邦彦は、姉と弟の関係だった。

同じ家に育ち、霞の母は、邦彦の母でもある。

高校卒業後に二人は惹かれあい、彼らの両親が死んでから、遂に姉である霞が、邦彦との子供である保彦を妊娠してしまった。

こうなれば、仕方がない。

結婚するしかない。

しかし、二人の友人たちは、彼らが姉弟である事を知っている。

結婚式には、誰も招く事ができなかった。

今も知り合いには、結婚した事を言っていない。

当たり前だ。

血が繋がっている弟なのだから。

だから、霞は結婚しても姓が変わらなかった。

届出も出していない。

「そうか」霞は微笑んだ。「だから、私たちは、いない事になったんだ。あの、現代で」

「だ、だからと言って、どうするんだよ。俺たちは自分で、自分の祖先から、子供を奪った事になるんだぞ」

そうなれば、自分たちは生まれなかった事になる。

存在を否定される。

「邦彦」

霞は、言った。

指の皮膚を噛んで破り、血で、産着に保彦の名前を刻む。

「あなたの……千秋家の男性にのみ受け継がれる鏡の、本当の意味が、わかった」

「え……？」

「私の鏡は、未来を見る。そして、あなたの鏡は、過去から送るためのものだったのよ」

「送るって、何を？」

「もちろん、保彦を」

霞は、鏡を反対にして、そこに保彦を突き入れた。

そして、二人の存在は消滅した。


一九九二年、秋。

一条家の、誰かから買い受けた鏡の前に、赤子が出現した。

それと同時に、赤子が、泣き始めた。

「何だ？」

これを聞きつけた一条家の主人が、鏡を飾ってあるリビングに赴くと、いつの間にか現れた赤子を見つけて驚いた。

一条家の主人夫婦には、子供がいない。

また、どちらも老齢なので、跡継ぎを諦めていた。

鏡の前に現れた子供を流石に一条夫婦も不審がり、一度は警察に届けたものの、親が見つからないと聞いて、

「では、これも何かの縁でしょう。私たちが育てますよ」

こうして子供の名前は、産着に着けられていた血文字から、『保彦』と決まり、ここに『一条保彦』が誕生となる。

エピローグ

四年後の、一九九六年、秋。

一条保彦は、四度目の誕生日を迎え、四歳となった。

といっても、保彦の本当の誕生日は誰も知らない。保彦を養子として受け入れる事を決定した一条夫妻だったが、もちろん、その前に興津中の病院、引いては静岡市にまで探索の手を広げ、保彦がどこの病院で誕生したのか、突き止めようとしたが、不思議な事にどの病院にも保彦が生まれたときの記録は残っていなかった。なので、一条家の主人は、

「まあ、うちに来た日が、誕生日でいいだろう」

と判断し、十月二十三日が、保彦の誕生日となった。

皮肉な事に、この日は、本来彼が死ぬ日だったのだが。

ともあれ、誕生日を迎えた保彦は、両親にプレゼントをもらえることになり、何がいい

と聞かれた彼は、即座に、

「ご本がいい」

そう答えた。一条夫妻も、本ならいいだろうと考えたので、十月二十三日、夫妻と保彦は、静岡にあるかなり大型の書店へ出かけた。

その書店は、かつて運命が狂った場所だった。

その書店は、いつか運命が交わった所だった。

だが、そんな事を知らない保彦は、かつての彼がいた場所で、かつての彼が手を伸ばした書棚の前で、今はかなり小さくなった彼が再び手を伸ばした。

「これがいい」

まるで、運命のように保彦はその本を選んだ。

夫妻は息子が選んだ本を手にとって、しげしげと帯やタイトル、裏の説明を読んだ。

「岡部蛍？　聞いた事のない作家だな」

読書家の父親は、そう言ってから、ぱらぱらと本を捲った。

「確かに表紙はイラストだが、中は違うぞ。保彦、普段読んでいる本と違って、挿絵が一枚もないんだが、これで本当にいいのか？」

「うん」

「そうか」父親も頷いた。「では、この『リライト』という本をください」

こうして、四歳の保彦への、誕生日プレゼントは、岡部蛍著、『リライト』という小説になった。

書店からの帰り道、そのまま一条家は、遅い秋の彼岸のため、墓参りに訪れた。

一条夫婦が、自らの家の墓を掃除している間、四歳になった保彦は、お墓から外れた所で、遊んでいた。

そのとき保彦が、とある墓の前で立ち止まった。

名前が刻まれていない墓だった。

供え物もなく、線香もなく、花も捧げられていなかった。

だから、保彦は草むらに走り、すばやくコスモスや萩などの花を手折り、その名もなき墓の前に供えた。

「まあ、保彦」

母が寄ってきて、保彦を窘《たしな》めた。

「人様のお墓に、変な事をしてはいけませんよ」

「お母さん」

保彦が、母に向かって言った。

「でも、こうしなきゃならないような気がしたんだ」

「この、お墓は」

名前が刻まれていないので、どの家の墓かはわからなかった。

「どうしたんだ？」

やがて近づいてきた父にも、保彦はその墓の由来を聞いた。

「どこの、家の、お墓なの？」

「さあ……」父にもわからないようだった。「あれ……何だろう、知っていたと思ったんだが……。忘れてしまったなあ」

「チアキ」

「え？」

「は？」

「たぶん、チアキ、なんだよ。このお墓は」

息子の言葉に、両親は少し驚いた。

「なんで、そんな事がわかるんだ？　保彦」

父の質問に、保彦は答えられなかった。

保彦にも、わからなかったのだ。

だが、自分の中に、唐突にその言葉が浮かび出て、そして消えた。

この墓は、千の秋を越えた墓なのだと。

その時、保彦の靴が、こつりと、何かにぶつかった。

墓の砂利の下に、何かが埋まっている。

保彦がそれを掘り起こすと、古くて汚い鏡だった。

「うん？」父親がそれを見つめる。「それ、うちのリビングに飾ってある手鏡と似てるな？」

「あの鏡、どこで買ったのでした？」

母が、そう質問したが、父も思い出せないようだった。

「何だっけな……。誰かから、買った覚えがあるんだが、誰、だったか……」

その人間は、もうこの世にいない。

この世どころか、そもそも生まれてすらいない。

だから、思い出せるはずがなかった。

しかし、保彦には見えた。

「もう行きましょう。保彦、そんな汚い鏡は捨ててしまいなさい」

「……」

保彦は、母の言いつけに、従わなかった。

ただ、じっと鏡を見ている。

「保彦?」母が言う。「どうしたの? その鏡が、気になるの?」

「泣いてる……」

「え?」

「鏡の中で、女の人が泣いてるよ。お母さん」

revision

一　修正，改正，改定

二　修正［改正］したもの

（小学館ランダムハウス英和大辞典）

本書は、書き下ろし作品です。

神林長平作品

あなたの魂に安らぎあれ

火星を支配するアンドロイド社会で囁かれる終末予言とは!? 記念すべきデビュー長篇。

帝王の殻

携帯型人工脳の集中管理により火星の帝王が誕生する——『あなたの魂〜』に続く第二作

膚《はだえ》の下 上下

無垢なる創造主の魂の遍歴。『あなたの魂に安らぎあれ』『帝王の殻』に続く三部作完結

戦闘妖精・雪風〈改〉

未知の異星体に対峙する電子偵察機〈雪風〉と、深井零の孤独な戦い——シリーズ第一作

グッドラック 戦闘妖精・雪風

生還を果たした深井零と新型機〈雪風〉は、さらに苛酷な戦闘領域へ——シリーズ第二作

神林長平作品

狐と踊れ〔新版〕

未来社会の奇妙な人間模様を描いたSFコンテスト入選作ほか九篇を収録する第一作品集

言葉使い師

言語活動が禁止された無言世界を描く表題作ほか、神林SFの原点ともいえる六篇を収録

七胴落とし

大人になることはテレパシーの喪失を意味した——子供たちの焦燥と不安を描く青春SF

プリズム

社会のすべてを管理する浮遊都市制御体に認識されない少年が一人だけいた。連作短篇集

完璧な涙

感情のない少年と非情なる殺戮機械との時空を超えた戦い。その果てに待ち受けるのは？

神林長平作品

猶予の月 上下

姉弟は、事象制御装置で自分たちの恋を正当化できる世界のシミュレーションを開始した

Uの世界

「真身を取りもどせ」――そう祖父から告げられた優子は、夢と現実の連鎖のなかへ……

死して咲く花、実のある夢

本隊とはぐれた三人の情報軍兵士が猫を求めて彷徨うのは、生者の世界か死者の世界か？

魂の駆動体

老人が余生を賭けたクルマの設計図が遠未来の人類遺跡から発掘された――著者の新境地

鏡像の敵

SF的アイデアと深い思索が完璧に融合しあった、シャープで高水準な初期傑作短篇集。

神林長平作品

敵は海賊・海賊版

海賊課刑事ラテルとアプロが伝説の宇宙海賊匋冥に挑む！　傑作スペースオペラ第一作。

敵は海賊・猫たちの饗宴

海賊課をクビになったラテルらは、再就職先で仮想現実を現実化する装置に巻き込まれる

敵は海賊・海賊たちの憂鬱

ある政治家の護衛を担当したラテルらであったが、その背後には人知を超えた存在が……

敵は海賊・不敵な休暇

チーフ代理にされたラテルらをしりめに、人間の意識をあやつる特殊捜査官が匋冥に迫る

敵は海賊・海賊課の一日

アプロの六六六回目の誕生日に、不可思議な出来事が次々と……彼は時間を操作できる⁉

神林長平作品

敵は海賊・A級の敵

宇宙キャラバン消滅事件を追うラテルチームの前に、野生化したコンピュータが現われる

敵は海賊・正義の眼

純粋観念としての正義により海賊を抹殺する男が、海賊課の存在意義を揺るがせていく。

敵は海賊・短篇版

海賊版でない本家「敵は海賊」から、雪風との競演「被書空間」まで、4篇収録の短篇集。

永久帰還装置

火星で目覚めた永久追跡刑事は、世界の破壊と創造をくり返す犯罪者を追っていたが……

ライトジーンの遺産

巨大人工臓器メーカーが残した人造人間、菊月虹が臓器犯罪に挑む、ハードボイルドSF

著者略歴　1982年静岡県生，作家　著書『バイロケーション』『地獄の門』『404 Not Found』『リライト』（早川書房刊）

HM=Hayakawa Mystery
SF=Science Fiction
JA=Japanese Author
NV=Novel
NF=Nonfiction
FT=Fantasy

リビジョン

〈JA1120〉

二〇一三年七月二十五日　発行
二〇一四年六月二十五日　三刷
（定価はカバーに表示してあります）

著者　法《ほう》条《じょう》遥《はるか》
発行者　早川浩
印刷者　矢部真太郎
発行所　株式会社早川書房
郵便番号　一〇一 - 〇〇四六
東京都千代田区神田多町二ノ二
電話　〇三 - 三二五二 - 三一一一（大代表）
振替　〇〇一六〇 - 三 - 四七七九九
http://www.hayakawa-online.co.jp
乱丁・落丁本は小社制作部宛お送り下さい。
送料小社負担にてお取りかえいたします。

印刷・三松堂株式会社　製本・株式会社フォーネット社

ISBN978-4-15-031120-9 C0193

本書は活字が大きく読みやすい〈トールサイズ〉です。